不正經的魔術講師與追想日誌 2

Memory records of bastard magic instructor

三人今天也一起度過了悠閒和樂的時光。

從學院返家的路上，當西絲蒂娜和魯米亞、梨潔兒一如既往地逛遍各式各樣的店家，開心地東瞧西瞧的時候……

「這種時候，不知怎麼地，就是會想起來呢……」

西絲蒂娜忽然脫口低喃出了這句話。

在她的腦海中來來去去的畫面，是葛倫剛報到時教室的情景。

那時的事情，西絲蒂娜就算想忘也忘不掉。

『呃～今天第一節課大家就自習吧。』

丟下這句話後，擔任講師才第一天的葛倫，真的把課改成自習，偷懶打起了瞌睡。

後來緊接著發生了決鬥事件，兩人大吵一架。能像葛倫一樣，第一次見面就讓西絲蒂娜留下如此深刻印象的人，恐怕是空前絕後了吧。

不過，和葛倫的相遇也並非全然都是壞事——

「……雖然他給人的第一印象很不正經……其實他對魔術的瞭解比誰都還要清楚……教學內容的品質也非常出色……本來以為他是冷漠孤僻的人……實際上卻有一顆無比熱血的心。」

西絲蒂娜悄悄地看了旁邊一眼，魯米亞和梨潔兒理所當然般陪伴在自己的身旁。

造就了這種理所當然的日常生活的人……果然也是葛倫。

「……人的緣分真的好不可思議呢。」

面對無可取代的朋友們、那再平凡不過的日常之姿，西絲蒂娜的臉上綻放出了微笑。

魯米亞驀然望向前方……

「啊哈哈，別鬧了啦，梨潔兒……啊，對了，妳要不要也嚐嚐看這個冰淇淋？」

「……嗯，我要吃……好冰。」

只見西絲蒂娜和梨潔兒和樂融融地相處在一起。

「忽然好懷念喔。」

魯米亞腦海裡浮現了她和梨潔兒第一次見面……舉辦魔術競技祭時的情景。

母親、梨潔兒、天之智慧研究會，那時候一堆事情擠在一起發生。也碰上了危險的情況。

不過，即使如此……

「……果然還是很快樂呢。」

對魯米亞而言，唯有這件事是千真萬確的。

所有人團結一心，朝著共同的目標邁進……那種一體感是獨一無二的寶物。

只要輕輕闔上眼睛回顧那個當下……就能重新感受到當時的熱情。

「……這都要感謝老師呢。」

帶領全班同學參加競技祭。

熱心地開導了為母親的事情而煩惱不已的我。

而且——還冒著生命的危險，拚命保護我。

這些事情已經成了我一生無可取代的回憶。

「魯米亞！妳怎麼了？再不快點跟上來，我們要丟下妳走了喔！」

「……啊，等一下啦，西絲蒂。」

回到過去神遊的意識被拉回現實，魯米亞笑著跟上西絲蒂娜她們的腳步……

三名少女來到了平常光顧的咖啡廳，做為今天行程的最後一站。

「呼……有點累了耶。」

「呵呵……梨潔兒妳看看妳。臉頰都沾到奶油了。」

梨潔兒面露呆滯的表情，任憑魯米亞用手帕輕輕幫她把嘴角擦乾淨。

「……怎麼了嗎？梨潔兒。」

梨潔兒默默不語地定睛直視著西絲蒂娜和魯米亞，西絲蒂娜不解地向她問道。

「嗯……沒什麼。」

在梨潔兒那小小內心中反覆浮現的，是之前遠征修學時所發生的事情。她在當時曾對西絲蒂娜和魯米亞做了非常過分的事情。假如因此被她們討厭，也是自作自受。

可是——她們兩人現在卻陪伴在自己身旁。

這教梨潔兒感到十分開心。

「……謝謝你，葛倫。」

葛倫帶領著這樣的她，重返陽光普照的世界。對於這個大恩人，梨潔兒不自覺喃喃地說出了感謝的話語。

「梨潔兒？」

「沒什麼。對了……妳們……要不要吃草莓塔？」

「怎、怎麼了嗎？這麼突然……」

「梨潔兒居然會跟人分享草莓塔……！」

「…………沒有啊。不為什麼。」

梨潔兒一如既往想睡似地露出面無表情的模樣，口中唸唸有詞地嘟囔道。

Memory records of bastard magic
instructor

CONTENTS

第一章　一線之隔的天災教授 —— 007

第二章　帝國宮廷魔導士工讀生・梨潔兒 —— 063

第三章　過於執著任務的男人・阿爾貝特的圈套 —— 119

第四章　你和我的勿忘草 —— 173

第五章　兩個愚者 —— 225

後記 —— 297

輕小說

L

不正經的魔術講師與追想日誌

2

羊太郎

插畫/ 三嶋くろね　　譯者/ 林意凱

討厭！都是老師，害得我們也遭殃！

二年二班代表西絲蒂娜・席貝爾

Memory records of bastard magic instructor

Character
阿爾貝特．
弗雷澤
隸屬帝國宮廷魔導士團特務分室。葛倫的前同袍。帝國首屈一指的狙擊手，從戰鬥到諜報，所有任務都能一手包辦，是各項能力突出的頂尖魔導士。
葛倫．
雷達斯
主角。阿爾扎諾魔術學院的魔術講師，討厭魔術。不管做什麼事都馬馬虎虎、懶懶散散，以魔術師來說只是個三流人物，找不到任何一處優點。不過他真實的面貌是──？

瑟莉卡・
阿爾佛聶亞
阿爾扎諾帝國魔術學院教授。外貌年輕，不只養育葛倫長大，還傳授魔術給他，是名謎團重重的女性。對葛倫有溺愛的一面。
梨潔兒・
雷佛德
隸屬帝國宮廷魔導士團特務分室。雖然被派到學院來擔任魯米亞的護衛，但不知何故老是追著葛倫屁股跑。
西絲蒂娜・
席貝爾
綽號「師見愁」，一板一眼的資優生。常常受不了葛倫吊兒郎當的態度把他罵得狗血淋頭，這樣的畫面已經成了學院的特色。
魯米亞・
汀謝爾
個性清純善良，人見人愛，無論走到哪裡都大受歡迎。內心十分仰慕拼命保護學生的葛倫。常常在葛倫和西絲蒂娜吵架的時候扮演和事佬。

一線之隔的天災教授

Genius or a Fool.

Memory records of bastard
magic instructor

阿爾扎諾帝國魔術學院的某天上午。

吵吵鬧鬧……吵吵鬧鬧……

突然接獲召集令的學院講師與教授們，齊聚在學院校舍本館的大會議室裡，議論紛紛地討論著這次集合的原因。

「發生了什麼事嗎？怎麼會在這個時期，突然召開全教職員緊急會議……」

「我看……該不會是崔斯特男爵又闖了什麼禍吧……？」

「請不要無的放矢，歐路庫教授！這個月我還沒假借精神支配術授課的名義做出任何對女學生性騷擾的行為，也沒有因為想看少女喪失了理智的瘋狂模樣，就製造出一些難以言喻、充滿褻瀆意味的幻影給她們看喔!?」

「喂……說真的，誰來制制這傢伙……？」

這時——

里克學院長走進了這間所有教職員齊聚一堂的大會議室，在上座的議長席坐了下來。

「各位，立刻開始進行會議吧。」

看到學院長那極其凝重又可怕的表情，其中一名學院教職員以僵硬的聲音發問：

「學、學院長……到底出了什麼事？」

「其實是……那個奧威爾・休薩教授要求我們提供人手……聽說是要為新的魔導發明品進行測試……」

整間會議室頓時鴉雀無聲。

然後——

「嗚哇啊啊啊啊啊啊——!?我想起來了，已經到那個時期了嗎啊啊啊啊!?」

「怎麼可能!?那個男人還活著嗎……!?」

「他忘記上次自己造成了什麼樣的慘劇嗎，怎麼會有這麼學不乖的傢伙……！」

「拜託誰快來把那傢伙解決掉好不好！」

會議室一下子陷入瘋狂的騷動。

「我也拿他莫可奈何……別看他瘋瘋癲癲的，奧威爾先生好歹也是年紀輕輕就爬到第五階級的天才魔術師，同時也是每年都會捐大筆金錢給我們學院的大貴族的當家……我們不能連借個人手這點小小的要求都不答應……」

「問題是，繼續放任奧威爾搞下去，總有一天會鬧出人命的喔!?」

「咿咿咿咿咿咿!?不要！我已經受夠了————！我說什麼都再也不想跟奧威爾扯上關係——！」

「啊啊!?萊因哈特老師的創傷後壓力症候群發作了──!?」

在這場每個人都呼天搶地哀號的騷動中，一副關事不關己、心不在焉地參與會議的葛倫低聲嘀咕：

「真是，吵死人了……不過就是去幫忙測試一下發明而已，這場騷動是怎麼回事啊……？奧威爾？學院裡有這號人物存在嗎？」

「啊啊，對了。你還不知道他哪，葛倫。」

像個淑女一樣端坐在葛倫旁邊的學院魔術教授之一──瑟莉卡・阿爾佛聶亞，露出了狀似愉快的笑容。

「奧威爾・休薩魔導工學教授……嗯，這傢伙平時都關在自己的研究室，埋首於魔術的研究，幾乎很少出來露面。你是新來的講師，也難怪不認識他了。」

「哎，那不是重點啦……為什麼大家聽到那個傳聞中的奧威爾，會出現這種反應……？」

看到眾人那種今天就是世界末日般的驚恐模樣，連神經大條的葛倫也不禁緊張地冒汗，整個人都驚呆了。

「葛倫，雖然奧威爾有點容易被人誤會，可是他其實是個很有意思的人喔？連我都對他另眼看待呢。」

不安耶？」

「瞧大家的反應，這樣還能算是『有點』嗎？而且會讓妳另眼看待，這樣反而更教人感到不安耶？」

葛倫和瑟莉卡在一旁交談的同時，場內像在舉辦吵架大會的教職員們吵得愈發不可開交。

「總之這次還是得推一個犧牲者出去！如果放他一個人不管，肯定會造成更大的傷害！」

「話、話雖如此，我可不要當那個倒楣鬼喔!?我還有最愛的家人……！」

「找擋箭牌也沒用的……所有人都有機會成為被休薩教授茶毒的犧牲品，一視同仁，這不是慣例嗎……呵呵呵……」

「所以這次要推派誰出去？目前最少受到奧威爾・休薩茶毒的人是誰……？」

……於是——

會議室裡的所有人不約而同地把視線投射在葛倫身上。

「……啊、啊咧？總感覺有一股非常不祥的預感耶～？」

「這次要推派誰出去呢……唔，我們採多數表決吧。贊成推派葛倫老師的人請舉手。」

學院長登高一呼後——

咻！

除了葛倫和瑟莉卡以外，幾乎在場所有人都立刻舉起了右手。

「好，全員一致通過，就決定是葛倫老師了。」

咚！

與會者通通起立鼓掌喝采。

「呃，這根本是在濫用多數暴力啊啊啊啊啊——!?」

葛倫忍不住抱頭大叫。

「不要吵了……快點去吧，葛倫老師。不去的話我就要開除你囉？」

「咦!?學院長!?」

平常總是像個慈祥老爺爺的學院長，如今卻判若兩人地展現出駭人的魄力，葛倫不禁表情僵硬，整個人往後倒退。

「葛倫・雷達斯……雖然我非常討厭你……可是唯獨這次我對你深表同情……」

「連哈什麼的前輩也!?」

沒想到竟然連葛倫的天敵哈雷都一臉鐵青地說出了這種話。

「咦、咦咦咦咦——!?奧威爾到底是什麼人!?我怎麼有非常不妙的預感!?」

「嗯～他明明是個很有意思的傢伙啊……如果你不想去的話，我是可以代替你去啦……」

當瑟莉卡向葛倫提出了這個方案之後——

「住、住手啊啊啊啊——!?」

「拜託妳！阿爾佛聶亞教授！妳千萬別去找奧威爾教授啊啊啊啊啊！」

「要是世界毀滅了那該怎麼辦——!?」

「我看妳根本就是想毀滅世界吧!?」

整個會議室陷入了更大的恐慌。

「怎麼了？為什麼大家要拚命阻止我呢。搞不懂呢？」

面對著有些惋惜似地說著，聳肩苦笑的瑟莉卡——

（也只能笑了……）

——葛倫就像顏面神經失調的患者一樣，臉頰抽搐個不停。

「話說回來……」

崔斯特男爵深表遺憾地搖搖頭，嘆了口氣。

「不管是休薩教授，還是阿爾佛聶亞教授……這間學校的高階級魔術師都不是什麼正經的角色哪……真的是太教人惋惜了。」

「你還真有臉說啊，第六階級的。」

里克學院長的吐槽正是在場所有人的共同心聲。

「……如此這般，總之我得去找那個傳聞中叫奧威爾的傢伙才行。」

午休時間。

朝著奧威爾的研究室出發的葛倫，無精打采地走在學院校舍本館的走廊上，看了跟在後面的西絲蒂娜和魯米亞一眼。

「我們是明白老師的情況啦。」

西絲蒂娜心有不服地鼓起腮幫子，冷眼瞪著葛倫。

「問題是，為什麼我和魯米亞也得陪你一起去？」

「這種問題也需要問嗎？白貓……」

葛倫給了西絲蒂娜一個無奈的眼神。

「魯米亞人長得可愛又溫柔不是嗎？所以啊……萬一我發生了什麼事，當然會希望臨終時有個像她這樣的女孩陪伴在身旁，凡是男人都有這樣的浪漫。」

西絲蒂娜歪起頭。

「白、白痴嗎!?那找我來又是為了什麼!?」

「這種問題也需要問嗎？白貓……」

葛倫又送給西絲蒂娜一個無奈的眼神。

「妳這人囉唆又囂張得要命不是嗎？所以啊……萬一我發生了什麼事，當然會希望讓像妳這樣的女孩去當替死鬼，凡是男人都有這樣的……」

「魯米亞，放開我——!?讓我殺了他——！殺了他之後，我再自我了斷——！」

「好、好了好了，西絲蒂，冷靜點冷靜點……老師是在開玩笑啦……大概吧。」

魯米亞從後面拉住淚眼迷濛且暴跳如雷的西絲蒂娜。語尾顯得沒什麼自信。

「好，吵著走著我們終於抵達目的地了……這裡就是傳說的奧威爾・休薩的魔術研究室嗎……」

學院校舍本館深處中的深處。

有一扇屹立不搖的大門，擋在葛倫等人面前。

「不知道進去會碰到什麼牛鬼蛇神哪……」

雖然那只是一扇平凡無奇的門，卻散發出一股異樣的魄力與壓力。

「唉……話先說在前頭，勸你還是打消念頭比較好，老師……」

來到奧威爾的研究室大門前，就算是西絲蒂娜也不禁畏縮了。

「最好不要跟奧威爾・休薩教授扯上關係，我說真的。你知道那個人在學院的稱號是什麼嗎？大家都叫他『天災教授』……雖然他那超凡的才能和實力都是貨真價實的，可是他總是把自己的才能發揮在奇怪的方面上，讓旁人蒙受無妄之災，簡直是跟自然災害同等級的純正變態大師了……」

「我也非常不想跟他扯上關係，可是不去的話會保不住飯碗啊……唉，工作真辛苦啊……真想回到吃瑟莉卡軟飯的那個幸福時光……」

當葛倫心不甘情不願地上前準備敲門的時候……

碰——！

門隨著一聲巨響，當著葛倫的面往左右兩邊打開了。

「……啥？」

葛倫目瞪口呆。

有名身穿白袍型長袍的男子出現在打開的門後方。

以教授的身分而言，那名男子還很年輕。應該不滿三十歲吧。留到中長的頭髮像蠻族一樣披散著。左眼的目光格外銳利，右眼則戴著眼罩。五官輪廓分明，可說是個型男，可是嘴角卻掛著帶有邪惡的笑容，狂氣外露。他頭上戴著一副彷彿由五彩繽紛的結晶石和鐵屑胡亂拼裝而成的謎之魔導裝置，那模樣詭異無比。

一眼就明白了。

這傢伙——是個變態。

「啊，我想我還是被開除好了。告辭……」

「呼——哈哈哈哈哈——！」

男子擋住了葛倫的退路。

「先別急著走嘛！什麼也別說！什麼也別說喔!?你們即將成為歷史的見證者……！」

這名全身肢體擺出歪七扭八的奇怪姿勢，擋在葛倫等人面前的男子——正是奧威爾・休薩教授。

「從現在開始，不管你們心裡在想什麼，我通通都可以猜得出來！就憑這個世紀大發明『龍之淚』的力量——！」

奧威爾嗶嗶啵啵地操作頭上的奇怪裝置，然後透過安裝在裝置上的水晶玉，凝視著茫然地僵在原地的葛倫等人。

「唔……看到了……我看到了！你們……『現在肚子餓了』……沒有錯吧!?你們現在想吃飯了是吧!?」

「不，你完全猜錯了。」

這時葛倫三人心裡想的當然都是同一件事——『我好想馬上離開這裡』。

「什麼!?你們說我猜錯了!?等等!難道是我看錯了魂紋類型的分析嗎!?好……那我知道了!你們『現在很好奇明天天氣如何』……我猜對了嗎——!?」

「不,也錯得太離譜了。」

「不可能,這是為什麼——!?」

奧威爾抱頭仰天長嘯。

「靈魂的波形會視感情的不同改變顏色和形狀——也就是所謂的魂紋!這部裝置已經證明可以百分之百完全解析魂紋的類型,這是無庸置疑的!可是為什麼!?為什麼會猜不中!?」

「完、完全解析魂紋的類型……!?」

聽了奧威爾的說詞後,西絲蒂娜臉色都變了。

「喂、喂……你說的是真的嗎……?」

葛倫也露出一副難以置信的表情,流了滿頭大汗。

「當然是真的啊?你們以為我是什麼人?我可是世紀大天才奧威爾・休薩喔?我蒐集的證明資料已經到達可以在魔術學會發表的程度了!可是,把魂紋類型轉換成思考語言的術式,似乎還不夠穩定……!?」

奧威爾面露苦悶的表情，開始發揮想像力做起思想實驗。

「老、老師？西絲蒂？魂紋是……？」

搞不清楚狀況的魯米亞向葛倫和西絲蒂娜問道。

「一如這個變態所言，所謂的魂紋，就是會受感情影響而變化的靈魂波形。所有靈魂的情報都會呈現在魂紋上。不過每個人呈現出來的魂紋類型不盡相同。簡單地說就是類似靈魂的指紋。」

「在研究生命神秘的白金術裡面，魂紋是研究過程中經常碰到的最大障礙。解析人類的靈魂需要投入莫大的資金與時間，即使投入了，也不見得能解析得很完整。現今，那個白金魔導研究所也是花了大筆的國家預算，日以繼夜地進行研究。」

「這麼難搞的魂紋，你那部裝置卻只需要用看的就能瞬間完全解析……!?」

葛倫之前只透過傳聞，聽說奧威爾的實力，他做夢也想不到這個人居然天才到這種地步，因此只能做出戰慄和驚嘆的反應。

「你、你這不是設計出了很了不起的裝置嗎!?」

「就、就是說啊！如果在帝國魔術學會拿出來發表，肯定能讓學會的魔術師們跌破眼鏡的喔!?白金術的歷史也會被徹底顛覆——」

葛倫和西絲蒂娜都發自內心地予以讚美，可是……

「囉嗦，吵死了！到底哪裡了不起了!?想拍我馬屁也要懂得適可而止！」

不知道是哪句話讓他聽了不爽，奧威爾像個小孩子一樣鬧起了脾氣來。

「我所構想的『透過魂紋知道別人想法的術式』根本就沒有完成不是嗎!?」

「那、那根本就不重要吧!?如果只是想瞭解別人的想法，已經有白魔【讀取心靈】這種便利的咒文可用了啊！」

「沒錯！雖然『透過魂紋知道別人想法的術式』根本是多此一舉，一點都不實用，可是能在一瞬之間完全解析魂紋，光是這項成就就足以讓休薩教授名留青史——」

「咦？有那麼方便的咒文嗎？」

奧威爾眨眨眼。

他整個人目瞪口呆。

「呃，當然有啊。而且以白魔術來說，那算是還滿初級的……」

「是嗎……換言之……」

奧威爾態度異常冷靜，把手放在頭部的裝置上……

「這不就說明了這玩意兒是毫無用處的垃圾嗎啊啊啊啊啊啊啊啊——!?」

咚喀鏘鏘鏘鏘鏘！

他一口氣把那裝置砸向牆壁。

人類魔術史上的偉大發明被砸得支離破碎，散落一地。

「啊啊啊啊啊——!?你，這是在做什麼啊啊啊啊啊——!?」

「呼，我太大意了，居然會搞錯前提條件。算了，即使是再厲害的天才也難免會有失敗的時候。」

「有問題的不是前提條件，而是你吧!?修好！現在馬上修好！不會連設計圖也沒有吧!?」

「怎麼可能會有設計圖!?我真正投入心血發明的是其他東西，這只是我為了好玩和打發時間做出來的玩具而已！我已經對這種玩具失去興趣了，修理它是在浪費體力，而且一點意義也沒有，我才不幹！與其修理我寧可切腹去死！呼哈哈哈哈哈哈哈哈——！」

「啊啊啊啊我快瘋了！這傢伙果然是個徹頭徹尾的怪胎！總算瞭解為什麼教授們會有那樣的反應了！」

「嗚嗚，我的大腦好像快要變得不正常了……果然不該跟來的……」

葛倫和西絲蒂娜都抱頭呻吟著。

「話說回來，你們是誰啊？」

直到這時，奧威爾才好奇地打聽葛倫他們的身分。

「啊，我們是應休薩教授的要求，被派遣來擔任新魔導發明測試助手的人。」

魯米亞代替渾身虛脫的葛倫兩人，苦笑著答腔。

「噢噢，原來如此！你們就是來當助手的人嗎!?感謝你們的協助！」

「可是……好不容易發明的裝置已經壞掉了，我們好像也沒有工作可做了呢……」

「說什麼蠢話。那種程度的垃圾東西，怎麼可能是我這個世上罕見大天才的新發明!?真正的發明測試還沒開始呢！」

「不，已經無所謂了，我們要回去了。」

葛倫推著西絲蒂娜和魯米亞的背，打算就這樣回去——

「呼——哈哈哈哈哈——！用不著那麼客氣！快進來坐坐吧！」

可是又被擋住了去路。

「你們今天將成為我建立魔術史分水嶺的見證者——」

「我們早就見證到了啊!?只是你又親手毀掉它而已!?」

「呼！《Let's Catch》！」

奧威爾無視他們的話，「啪！」彈了一下手指。

只見巨大的魔像從門後昏暗的研究室裡伸出了手來，一口氣抓住了葛倫他們——

「咿咿咿咿咿咿咿咿咿!?救命啊媽媽——!?」

「呀啊啊啊啊啊啊啊——!?」

「嗚哇，被抓住了……」

「唔姆！為了今天這種狀況而事先設計的『把防衛心重的可愛少女強行抓進我家的小幫手』，終於派上用場了！」

「這、這是犯罪行為吧!?」

「那又怎樣!?哪怕會犯罪，我也要使盡全力，推全世界那些不敢跨出那一步、個性靦腆的思春期男孩們一把！」

「你這麼做是在把他們推下懸崖吧！」

「可、可是，太了不起了……居然可以創造出這種高輸出的同時，又能做到精緻操作的魔像……如果把這一套動作操縱的術式拿去學會發表，應該可以讓魔像工學一口氣進步五十年呢！」

「呼哈哈哈！那麼，招待三位來賓參觀我的魔術研究室——！」

「呀————!?」

三人隨著慘叫聲被拖進了研究室。

然後——奧威爾的研究室房門「碰！」一聲關上了。

三人逃不出奧威爾・休薩的魔掌。

已經放棄掙扎的葛倫等人懷著俎上肉的心情，簡單地做過自我介紹後，無力地隨著奧威爾在研究室內走動。

果不其然，研究室裡面塞滿了不明的魔導裝置和魔術品，以及畫到一半的設計圖與還沒完工的機械，空間顯得狹窄不已，混亂到寸步難行的地步。

「這部佔了整個研究室一半空間的超巨大魔導裝置是什麼……？」

「噢，那邊那位白貓妹妹。不可以亂碰那部裝置，太危險了。那可是不需要任何來自外部的魔力或能源供給，就可以每天在固定時間幫忙煎荷包蛋的裝置，是家庭主婦的得力助手！」

「……咦？」

「可惜那是一個失敗作。我喜歡濃稠的半熟蛋，可是它的火侯卻不受控制。弄得我很不爽，打算改天把它拆掉。」

「那、那個……這不就是所謂的『永動機關』嗎……？」

奧威爾沒聽見冒汗的西絲蒂娜在咕噥什麼。

「噢噢，葛倫老師，你的眼光真是獨到！老師你現在手上拿的照明燈，裝設有可以把陽光轉化成魔力的魔晶石，然後透過從陽光獲得的魔力，投射出魔術光源。」

「啥!?把陽光轉換成魔力!?把無機能量帶轉換成生命能量帶，也太厲害了吧!?」

「不過那也是失敗作。那個燈在真正需要光明的黑暗中反而無法使用。說不定是基礎理論搞錯了。改天拿去丟掉好了。」

「是你搞錯了使用途徑啦！你也對自己的豐功偉業稍微有點自覺吧!?」

葛倫把頭髮抓得亂糟糟的，一副快要爆炸的模樣。

「來、來這研究室逛過一遍的話，這學院的魔術師肯定有一大半會失去自信吧……」

魯米亞也只能苦笑。

就這樣，一行人穿過亂七八糟地堆滿了一般魔術師畢生追求的神秘事物的研究室，前往位在內部的執務室兼會客室。

奧威爾似乎還是懂得基本的待客之道，只見他喜孜孜地準備好茶水，端出來招待葛倫等人。

「來，請喝吧。搞搞類似家庭菜園的活動是我的興趣。當然了，我是屬於利用白金術親手進行品種改良的正統派！看看長在那個花盆上的茶葉吧！」

葛倫看了擺放在房間一角的茶葉花盆後，下巴都快掉下來了。

「呼，栽培得很棒吧？所以茶葉要多少就有多少。不過只是粗茶罷了！不用客氣，多喝一點！」

「哇～連我也認得那個特徵明顯的茶葉唷～我有在古典植物圖鑑上看到過唷～那個是名叫諾布爾・李斯托尼亞，現在已經滅種的夢幻特級茶葉對吧～？你該不會讓它們重現於世了吧～？」

「我不懂你在說什麼。反正我不喜歡這茶葉的口感，懶得管那麼多了。而且味道聞起來也好刺鼻……廉價市場賣的三級茶葉都比它好喝一百倍！」

「咦、咦咦……？」

「唉，我親手栽培卻種不出什麼好的茶葉。果然天才也有適合與不適合的領域啊……反正我對家庭菜園也膩了，不玩了！剩下的茶葉我之後再通通拿去餵養在學院裡的草藥雞！」

奧威爾那不知天高地厚的發言，讓葛倫深深嘆了一口氣。

「過去曾經有國家為了爭奪這種茶葉，爆發了血流成河的國際戰爭……你竟然要拿去餵雞……」

「哇……西絲蒂，這個茶葉味道好香喔！而且……好好喝！我從來沒喝過這麼美味的紅茶呢！」

「我們明明正透過這杯紅茶在體驗傳說……可是這股鬱悶和敗北感是怎麼一回事……」

西絲蒂娜一邊流下夾雜了感動與悔恨的淚水，一邊品茶。

「好，茶也喝得差不多了，我們準備進入正題吧！」

隨便你想怎樣吧……葛倫三人之間瀰漫著這樣的氣氛。

「那麼……在展示本人的世紀大發明之前……我想請問，你們對阿爾扎諾帝國的現狀有何想法？」

和自暴自棄的葛倫等人相反，奧威爾擺出正經的表情問道。

「就算你突然問我們想法……」

「國際上，那群狂信者——聖艾里沙雷斯教會教皇廳所統治的雷薩利亞王國，總是虎視眈眈地想要吞併我們阿爾扎諾帝國。兩國間的緊張態勢年年都在增長，隨時都有可能爆發第二次奉神戰爭——現狀就是如此危急。雖然帝國擁有卓越的魔導技術，戰力上的優勢讓雷薩利亞王國無法如願吞併我們，可是對方的領土和人口是帝國的好幾倍，不曉得我們能維持這個優勢到什麼時候……」

「！」

「至於國家內部，那個邪惡的魔術組織——天之智慧研究會就像癌細胞一樣侵蝕著帝國。近年來，那個組織的邪道魔術師引發的殘忍無道恐怖攻擊事件，每年都在增加，他們正在打著某種不良的企圖，已是顯而易見的事實。儘管表面上打出由魔術師統治世界的口號，可是他們真正的目的並沒有那麼低俗，凡是對魔術的地下社會稍有認識的人，都可以看清這件事才對。我猜那個組織所盤算的，應該是常人無法預測到的可怕陰謀……」

「那會是……」

「你們能明白嗎？每個人都理所當然地享受著『和平』的時光。可是那是建立在如履薄冰般的平衡上，宛如空中樓閣的『和平』。令人擔心的是，這個『和平』只要發生一些微小的契機，就會脆弱地崩壞——身為宣誓效忠阿爾扎諾帝國這個祖國及女王陛下的魔術師，我實在無法樂觀地看待目前的現狀……！」

「奧威爾……」

「所謂的『和平』！絕不是靠別人施捨的！而是得由自己去爭取！當事情發生的時候，我們不該去期待他人伸出援手，而是應該要思考自己該怎麼做！我憂心於帝國的未來，在考慮過我應該做的事情和所能做到的事情之後……我決定將這次的發明獻給帝國和女王陛下。」

（不妙……這傢伙的心理沒想到還挺正常的……）

（雖然表面上表現得很像怪胎，可是他在根本上很正常，而且又是個超級才華洋溢的人才，所以也沒辦法開除他吧……）

（他一定是把過剩的熱情和才能浪費在沒意義的事情上的人呢……）

葛倫、西絲蒂娜、魯米亞同時嘆了口氣。

「好啦，你那偉大的理念我們明白了……所以呢？你到底發明了什麼？」

「呼……我都透露這麼多了，你還猜不出來嗎？」

「不……我是可以猜到應該是跟國防有關的發明啦……」

聞言，西絲蒂娜靈機一動，眼睛閃閃發光地說道：

「國防……該不會是把半自律型的戰鬥用魔導人形的機能，提升到實戰等級之類的吧!?」

「咦!?據說半自律的戰鬥用魔導人形跟魔像不一樣，雖然可以執行靈活的作戰行動，但在戰場上展現出來的動作穩定性和防禦性能都還不完整，所以還得花十年時間，才有可能將其導入實戰的樣子……？」

西絲蒂娜猜測後，魯米亞也察覺到了，不禁提高了音量。

「如果是真的那就太厲害了呢，西絲蒂！」

「是啊！即使之後跟雷薩利亞開戰，有了它就能彌補人數的不利了！甚至可以用來補強國內治安……」

魯米亞和西絲蒂娜露出驚訝的表情注視著彼此……

「ＮＯＮＯ，兩位小姐。請再想得簡單一點，妳們說的那個只能算是改良，不叫發明吧？在這國內外局勢動盪的狀況下，帝國人民真心渴望的會是什麼？只要順著這個方向想，答案自然會呼之欲出……」

「啥……？」

見葛倫等人猜不出答案，滿臉疑惑的樣子，奧威爾開口了：

「是的……果然時代是需要他們的……需要這個『正義英雄』的存在！」

三人聽不懂奧威爾的意思，一頭霧水。

「在這邪惡肆無忌憚地擴張勢力，弱者飽受壓迫的黑暗時代之中──還是有人可以對抗命運，成為引導人類的希望之星──也就是所謂的英雄！只要他們還存在於人們的心中，人們就絕不會向絕望和黑暗屈服！無辜老百姓的希望曙光──英雄！那就是人們真心渴望的東西！」

（不妙……雖然這傢伙的心理乍看下似乎是正常的傢伙，可是到頭來果然一點都不正常……）

（雖然根本上算是正常，本性卻一點都不正常呢……難道真的沒辦法開除他嗎……）

（他一定是那種把過剩的熱情和才能浪費在沒意義的事情上，自己也連帶著一起脫序的人吧……）

「正因如此！」

奧威爾無視綠著一張臉僵在原地的三人，掏出一條上頭裝著一個特殊釦環的腰帶，拿到葛倫的面前。

「變身成正義英雄的魔導道具『假面騎士之魂』！在此誕生！呼哈哈哈哈哈哈哈哈──！連我都害怕自己的才能了!?」

「這是啥啊……？」

葛倫不假思索地收下腰帶，用空洞的眼神盯著它嘟囔。

「我來說明吧！只要把它纏在腰上，擺出指定的姿勢並詠唱咒文，就能變身成正義的英雄『假面騎士凱薩X』！」

「呃，不用你說，我也猜得出大概是那種東西……」

葛倫已經連嘆氣也嘆不出來了。

「這是運用了鍊金術的最新魔導工學的結晶！它可以瞬間鍊成假面騎士的鎧甲和劍，使其瞬間附著在使用者身上，在身體穿上鎧甲的期間，使用者可以獲得強大的身體能力和令人驚異的防禦能力！做為主要武器的劍，威力也是很嚇人的喔!?可以把鋼鐵當成奶油剁開！」

「真的假的!?這點子雖然很蠢，但不是挺厲害的嗎!?」

葛倫嚇都嚇傻了，然而……

「只不過，裝備鎧甲的時候沒辦法使用魔術。」

「不能用魔術還有什麼意義啊!?在這個魔術主宰戰爭的時代，這根本是倒退的發明嘛!?」

啊啊——！葛倫仰天大喊。

「就算防禦能力和身體能力變得再怎麼強，面對連續施展強力魔術的對手，只靠一把劍是要怎麼打得贏啦!?」

「吵死了笨蛋！魔術又怎樣，你懂什麼啊，混帳東西——!?」

不知為何惱羞成怒的奧威爾眼睛爬滿了血絲，咄咄逼人地向葛倫反嗆。

「英雄就是正義！正義就是所謂的騎士道！魔術又怎樣!?魔法又怎樣!?我要找回當年因為魔術的崛起而遭到驅逐，失落的正義之魂——騎士道！就憑著這個魔導道具『假面騎士之魂』！我要證明騎士的劍比魔術的招式還要優秀！用這個由本天才魔術師集最新魔導技術之大成，所創造出來的世紀超魔導道具『假面騎士之魂』來證明！」

「可以吐槽的地方太多了！我好想回家！」

「啊哈哈……」

葛倫整個人都脫力了，魯米亞也不知道該怎麼接話，只能面露苦笑。

「事情就是這樣，葛倫老師。馬上穿上『假面騎士之魂』，變身成正義的英雄『假面騎士凱薩X』吧。」

「才不要。我要回去了……咦？」

葛倫打算把手上的釦環放到桌上就直接回去，但……

「奇、奇怪？怎麼了……？我、我的手不聽使喚地握住釦環不肯放開……？」

「呼呼呼……唯有天選的勇者，才能拔出插在石頭上的聖劍……那個釦環也是同樣的道理！」

奧威爾指著葛倫的鼻子哈哈大笑。

「呼哈哈哈哈！那個釦環也會選擇自己的主人！葛倫老師！看來你似乎是被那個釦環選上的真勇者呢！不愧是我欽點的男人！」

「啥——!?你在說什麼東西啊——!?」

「其實，如果有人碰了那個釦環，它會自動計算變身適合率，一旦發現變身適合者，就會施放讓對方絕對無法放開的『祝福』喔!?這就是王道！」

「這算哪門子的『祝福』啊啊啊啊!?根本是『詛咒』吧——!?」

「要怎麼稱呼都無所謂。無論如何，葛倫老師你已經無法以自己的意志放開那個釦環了！不過，我有辦法幫你解除那個狀態喔……？好了，你要怎麼做呢，咯咯咯……」

「嗚喔喔喔喔喔……感覺我好像沒有選擇的餘地了……」

葛倫只能抱頭苦叫。

「不要再堅持了啦，老師……還是快點完成發明品的測試回去吧……」

西絲蒂娜精疲力盡地說道。

「我想應該不會有事的。教授的發明目前好像還沒鬧出過人命……」

魯米亞以面帶曖昧的表情打著氣。

「可是搞不好我就是那個倒楣的頭號犧牲者啊。」

葛倫不滿地發了牢騷後，西絲蒂娜和魯米亞都心虛地別開了視線。

於是……

「——《變身》！」

「錯了！擺手的動作不是那樣！要把手舉高一點，就像『我要用這隻手抓住明日之光喔喔喔』的感覺！運步的順序也錯了！」

「變、《變身》！」

「不要覺得難為情！捨棄自我吧，葛倫老師！捨棄現在的自己，將想要脫胎換骨的狂熱意念注入到咒文上！」

「《變！身——！》」

「還不夠，要讓自己的熱血燃燒得更凶猛一點！傾聽埋藏在內心深處的靈魂脈動！小宇宙也好原力也好，用你的全身去感應吧！」

「啊啊啊啊啊——！為什麼你要把變身步驟搞得這麼麻煩啊，白痴————!?」

「這是我的興趣。」

「開什麼玩笑啊啊啊——！」

「呵呵，這紅茶真的太好喝了，魯米亞。不愧是諾布爾・李斯托尼亞。」

「嗯，對呀，西絲蒂。這茶香氣很濃……嗯，或許很適合搭配抹上橘子醬，增添酸甜味道的貝果喔。」

「啊，光聽就覺得好好吃喔！」

「《變、身——————！》」

「沒錯，就是這樣！感覺進步很多了！……順帶一提，我剛剛才想起來，變身的咒文不是《變身！》而是《瞬轉！》才對……嘿嘿嘿（吐舌）☆」

「我打死你喔，混蛋!?」

一陣雞飛狗跳後……

「《瞬、轉——————！》」

葛倫比手畫腳地做出複雜的動作後，擺出了在天空翱翔的大鳥的姿勢，用獨特的語調唱出咒文。

咖！

腰帶的釦環所散發出的刺眼光芒，包覆了葛倫的全身——

下個瞬間，一個全身披著白銀鎧甲，颯爽地披著被風吹起的純白披風，感覺非常神聖的騎士現身在奧威爾等人面前。

「……呼，成功了。我果然是天才嗎？」

「……喔、喔喔喔……!?」

葛倫隔著罩住他整張臉的面具，看著擺在房間角落的鏡子，情不自禁地感嘆出聲。

「我、我本來還以為會變成什麼陰陽怪氣的模樣呢……」

「感、感覺好像英雄史詩裡的騎士喔……」

「老、老師，太帥氣了……！」

儘管這副鎧甲略顯花俏，不過造型優雅具有藝術性，能讓觀者直接感受到不凡的魅力。

「呼……那還用說嗎？」

奧威爾洋洋得意地在啞然失色的三人面前撥弄頭髮。

「這項發明的重點『瞬間裝甲蒸鍍式』我只用三天就搞定了，可是那套鎧甲的造型設計可是足足花了我三年才大功告成呢！」

「……你是笨蛋吧。不，這個我們早就都知道了……」

葛倫連嘆氣都懶了。

不過，這確實是一項了不起的發明。

鎧甲包覆住身體的瞬間，葛倫全身立刻充滿了一股從未感受過的壓倒性力量。一般的身體能力強化術式都會對身體造成負擔，可是這套鎧甲卻完全感受不到。而且最教人驚愕的是，這套鎧甲的主要材料似乎是真銀。所以外觀雖然看起來很厚重，重量卻異常輕盈，防禦能力自然不在話下。

可以高速鍊成這種鎧甲，並且瞬間蒸鍍到使用者的身上，這樣的技術確實比現代鍊金術還要領先兩、三個世代。

可以肯定的是，這技術運用了非常進步的魔導工學，相較之下讓人覺得認真學魔術是一件非常愚蠢的事情。

「總之測試算是成功了吧。我可以回去了嗎？這東西要怎樣才能脫掉？」

「等一下！還沒呢！測試還沒有結束！」

奧威爾咻地繞到葛倫面前阻止他離開。

「假面騎士凱薩X做為正義的英雄，到底有著哪種程度的力量，必須測試一下才行！」

「你要怎麼測試啊？」

「唔嗯……如果能實際跟破壞和平的惡黨戰鬥，是最簡單省事的方法了……可恨的是現在非常和平！可惡，怎麼不快點出現亂象啊！現在有假面騎士凱薩X可以出來打擊他們呢！」

「怎麼會有這種唯恐天下不亂的傢伙……」

「他不是為了守護和平，才發明這種東西的嗎……？」

葛倫等人只能無力地嘆氣。

不過，沒有敵人也無可奈何。看來今天就到這裡了……當葛倫如此想著，安心地呼出一口氣的時候……

「沒辦法了！雖然我很希望和平能早日被破壞，可是和平就是這樣，再怎麼等也不見得會有亂象發生。既然如此，也只好積極摧毀它了吧……這都是為了守護眾人的和平！」

事實證明葛倫的想法太天真了。

「等一下……你的邏輯也太莫名其妙了吧……!?」

葛倫揪住奧威爾的前襟，垮下臉瞪著他，可是奧威爾完全不以為意。

「所以，我打算召喚為了今天這種狀況所特製的『邪惡戰鬥用魔導人形』，命令它們攻擊學院！」

「你到底模擬了什麼樣的狀況啊!?我看你根本是太閒了吧!?」

「呼哈哈，看吧！只要按下這個召喚按鈕，邪惡魔導人形就會出現在學院各處，讓整個學院都陷入恐懼的深淵啊哈哈哈！」

「咚」一聲，奧威爾用力放在桌面的箱型裝置上，有一顆大大的按鈕。

「你白痴嗎——!?話說回來，如果你想測試這項發明的性能，拿戰鬥訓練用的魔像當對手不就得了嗎!?」

「蠢貨！面對真正的敵人和真正的恐懼，膽怯地四處奔逃的無辜民眾！殷切期盼救世主降臨的老百姓們發自內心的無盡吶喊！必須準備好這種讓人熱血沸騰的情境，才能蒐集到準確的實驗數據！反正只要你這個正義英雄保護到大家，一切都不是問題──！」

「問題大得很好嗎！總覺得不管什麼事情你都搞得本末倒置了啊⁉我可不幹喔⁉老子、絕對、不會幹的喔⁉」

「哦……說那種話真的好嗎……？」

奧威爾面露邪惡的笑容。

「如果身為正義英雄的你不戰而降，學院裡那些無辜的學生們將會被我製造的邪惡魔導人形們給──」

「什……你這傢伙！住手！不許傷害學生！」

「魔導人形會噴射我特製的『不知為何只會融解衣服的液體』！」

「呼，這發明太出色了，休薩教授。ＯＫ，你放手去做吧。」

葛倫那翻臉比翻書還快的態度，讓西絲蒂娜摔倒在地上。

「學院的和平由我來守護！」

「就是這股拚勁，葛倫老師！」

「——才怪!?你們兩個也鬧夠了吧!」

西絲蒂娜從地上站起來,「碰!」地用力拍打桌面——

啪嘰!

結果,西絲蒂娜的掌心正好壓到了那個按鈕。

「「「…………啊。」」」

午休時間,在擠滿了學生、熱鬧哄哄的中庭——公共的休憩場所中……

「怎……怎麼一回事……?」

當葛倫班上的女學生・溫蒂坐在長椅上閱讀喜愛的詩集時,她忽然注意到情況不對勁。

不知不覺間,不知從哪裡冒出來的無數魔導人形,團團包圍住聚集在中庭的學生。

「戰鬥用的魔導人形……?為什麼這種東西會出現在這裡……?」

環顧四周,溫蒂附近的其他學生也都一副不安又困惑的模樣。

在這樣的學生們面前……

『按照規定程式,開始進行攻擊。』

只見魔導人形伸出掌心對準他們……

噗嘩啦啦啦啦啦啦——！

從掌心噴出的不明液體，猛烈地噴射在學生們身上——

『呀啊啊啊啊啊——!?』

『嗚、嗚哇啊啊啊啊啊——!?』

『咿咿咿咿咿——!?我，我的衣服!?我的衣服啊啊啊啊啊——！』

『呀啊啊啊啊——!?呀啊啊啊啊——！請，請不要過來——!?』

『等等!?溫蒂!?不要用攻擊咒文——嗚哇——!?』

奧威爾的執務室裡的巨大水晶球型魔導器上，現在正播映著中庭的影像。

「……這　也　太　悲　慘　了。」

看到發生在中庭的慘劇，葛倫失望地垂著頭呻吟著。

奧威爾精心製作的『不知為何只會融解衣服的液體』確實非徒有虛名。中庭一轉眼就變成了膚色天國。

問題是——

「王八蛋！為什麼你的魔導人形只對男學生噴射液體啊啊啊啊——!?」

葛倫面流血淚地吼叫，他說得沒錯，魔導人形只會朝男學生噴射不明液體。只見女學生們花容失色地尖叫著，紛紛逃離中庭。

「呼。我可是不向淑女出手的紳士。人形的行動模式也是按照我的原則來設定的。」

「只噴男生是爽到誰啊，混蛋!?」

葛倫立刻上前踹倒一臉道貌岸然的奧威爾。

「真是的，瞧妳做了什麼，臭白貓！」

「啊、啊哇哇哇……對、對不起，老師！」

「可惡，怎麼辦啦!?不採取行動的話，整個校園都會變成男人的裸體桃花源！這種『地獄』我可敬謝不敏！」

葛倫皺起眉頭，面有難色地嘀咕……

「啊啊可惡，該死的畜生!事已至此，就包在我身上吧——！」

然後他像是豁出去一般，衝出了研究室。

就跟嬰兒一樣全身光溜溜的男學生們用手遮蔽住下體，死屍累累地蜷縮在中庭的各個角落。

「不、不要啊啊啊——!?誰，誰來救救我——!?」

動作慢半拍來不及逃離的溫蒂陷入驚慌，大聲哭喊著。

雖然這些魔導人形被設定為不會主動攻擊女性，它們只是在溫蒂附近遊蕩尋找下一個目標而已，可是驚慌的溫蒂完全沒有注意到這個事實。

「雷、雷、《雷精的紫電啊》！」

而且不管發射多少次攻擊咒文，魔導人形還是沒有被打倒。

「呼哈哈哈哈！不要浪費力氣了，那邊的雙馬尾美少女！那些魔導人形，可是經過我親手改良，在戰場上的動作穩定性和防禦性能都提升到可以投入實戰的水準了——！學生等級的攻擊咒文是不會有用的！」

「這個人真的到處都是吐槽點耶……除了吐槽點也沒別的了……」

「啊哈、啊哈哈哈……」

西絲蒂娜看著水晶球轉播的中庭畫面，深深地嘆了一口氣。

另一方面。

「啊哇哇……父、父親大人、母親大人，請原諒女兒……今天溫蒂要被玷汙了……」

被魔導人形團團包圍住的溫蒂紅著眼眶放棄了掙扎——這時……

「且慢——！」

忽然有一名白銀騎士出現在面朝中庭的校舍屋頂上。

「你們這些折磨無罪之人，暴虐無道的惡徒！即使偉大的主願意寬恕，我也絕不會放過你們！」

「咦!?你，你是誰!?」

「我乃太陽的使徒！人稱假面騎士——凱薩X！」

啪！葛倫擺出展翅高飛的大鳥般的姿勢。

「喝！」

從屋頂縱身躍向空中，在陽光的照射下閃耀著燦爛光輝的白銀騎士，翩翩地降落在溫蒂身旁——

透過水晶球關注著葛倫一舉一動的西絲蒂娜和魯米亞對此表示……

「……口頭上講得很不甘願，結果還不是很投入……這是怎樣？難道老師其實很喜歡那身

裝扮嗎？」

「或、或許吧……畢竟老師很喜歡正義的夥伴嘛。一定是忍不住就一頭熱了起來。」

「唉……男人實在是……」

「出現吧！戰天使（自稱）所賜予的神之焰刃——聖劍・艾庫瑟里翁之劍（命名者：自己）——！」

葛倫拔出背上的大劍——如一陣風般穿過魔導人形，在穿越的同時揮劍砍擊。

只見原先硬得彷彿銅牆鐵壁的魔導人形們，居然就像奶油一樣，輕易地被斬成兩半——

『○×△□○×△□——!?』

伴隨著淒厲的慘叫聲，魔導人形發出華麗得極其不自然的七彩光芒，爆炸之後分解成光的粒子消失了——

「這，這是什麼!?敵人消滅的方式也未免太震撼了吧!?到底是怎樣……？」

「呼哈哈哈哈哈哈哈哈——！敵人一定要爆炸消散的啊！魔導人形的改良我只花了三天就完成了，可是這個藝術性的爆炸效果，卻足足花了我三年時間才創造出來呢！太令人感動了！」

「你的努力方向也錯得太離譜了吧!?」

當水晶球這邊展開了無厘頭對話的同時，葛倫也在中庭展開了單方面的魔導人形大屠殺。

「喝啊啊啊啊啊啊啊啊——！」

在鎧甲的效果下身體能力被大幅強化的葛倫，展現出壓倒性的動態攻勢。

在葛倫的攻勢下，魔導人形只能毫無招架之力地爆炸，灰飛煙滅。

帥氣動人的白銀鎧甲。

華麗得有如閃光般的揮劍軌跡。

以超乎人類範圍的速度與力量躍動著的肢體。

還有以華麗效果爆炸的敵人。充斥著七彩的爆炸光芒與光之粒子的絢爛戰場。

那個畫面營造出了幾近荒誕的幻想風格，彷彿一幅描繪了神話中的天使與惡魔之戰的聖畫，極盡華奢又不失神聖。

被眼前的光景震懾的溫蒂一臉茫然，睜大眼睛看得出神——

「假……假面騎士大人……」

然後，她就像要抑制漸漸加速的心跳一樣，雙手放在胸前十指緊緊扣在一起，以帶著熱意的溫潤眼睛筆直注視著葛倫……

「等一下等一下，溫蒂……妳還好吧？」

「溫、溫蒂她的眼神……看起來根本就是戀愛中的少女呢……？」

「這完全是吊橋效應啊。唔嗯，有意思……好！下次的研究主題就決定是它了——!?」

「你閉嘴不要吵！休薩教授！」

然後——

「奧義・閃空斬光劍——！」

名字聽起來很響亮，可是實際上只是用蠻力揮出一擊，把最後的魔導人形劈成了兩半。

魔導人形以震撼效果爆炸，粉碎成光之粒子消失了……

「呼……邪惡永遠別想稱霸這個世界！（我簡直強爆了啊啊!?）」

葛倫做夢也想不到，日後他每次回想起今天這件事就會躲在棉被裡抱頭打滾，在這當下他只覺得自己的情緒獲得了莫名的宣洩，並把劍收回了原位。

接著，他轉身面對陶醉地注視著他的溫蒂。

「妳有受傷嗎？小姐。」

「咦？那、那個……我、我沒事……因、因為……有您保護我……」

平常架子很大自尊心又高的溫蒂不知道哪兒去了。彷彿換了一個人般溫順的她，忸忸怩怩，面紅耳赤，羞赧地垂低了頭。

「謝、謝謝您，騎士大人……那、那個……請至少讓我送個回禮……」

「呼，不過是舉手之勞罷了。硬要收的話，妳的笑容就是最有價值的報酬了。」

「什!?」

聽到葛倫那輕佻的甜言蜜語，溫蒂連耳根子都漲紅了。

「請……請不要調侃我了……人家是很認真的……騎士大人您太過分了……」

「哈哈哈！那還真是抱歉了！在妳這麼年輕貌美的淑女面前，一不小心就得意忘形了啊！」

葛倫如此說道，抖擻披風轉過身子。

「當黑暗之手試圖強摘妳這朵光輝之花的時候，我一定會再趕來搭救妳的！告辭了！」

葛倫頭也不回地往前衝——

「請、請留步！名字……至少告訴我您真正的名字吧——！」

溫蒂面露悲愴的表情，朝那個背影伸長了手——

如果這是歌劇的話，現在溫蒂的四周一定滿滿地盛開著五彩繽紛的玫瑰，可是現實上，她的四周卻充斥著嚶嚶啜泣的全裸男生。

「……這 是 什 麼 鬼……？」

「啊哈，啊哈哈……」

看了在水晶球的另一頭所上演的劣質短劇後，西絲蒂娜和魯米亞忍不住一陣頭暈目眩。

「唉……雖然讓人看了心情很煩躁……不過測試應該結束了吧！真是！」

「對……對呀……雖然……不知道該不該算是順利，總之一切都結束了，真是太好了……」

「真是的，老師也太誇張了！那個台詞是什麼意思啊！也太得意忘形了吧！等一下我一定要唸他一頓……！」

不知怎地心情突然惡劣了起來的西絲蒂娜，轉身望向奧威爾。

「休薩教授！等老師回來後，麻煩你立刻幫他脫掉那身可惡的鎧……咦？」

然而——

「咦？休薩教授……？」

剛剛還在旁邊的奧威爾不知何時消失不見了。

「真奇怪……休薩教授跑哪去了呢……？」

魯米亞百思不解地歪起了頭。

（……嗯～我好像一時被沖昏頭，做了什麼不可挽回的事情了……？）

葛倫隱隱約約產生了這種感覺，打算盡快逃離溫蒂身邊，就在這時——

「呀啊啊啊啊啊啊——!?」

「——!?」

背後突然響起溫蒂的慘叫，葛倫忍不住回頭一探究竟。

只見——

「呼哈哈哈哈哈哈——！你太大意了，假面騎士凱薩X！」

身穿跟葛倫的白銀鎧甲同樣款式，但顏色跟深夜一樣漆黑的黑色鎧甲——謎之男子從後面抱住溫蒂，並且用黑色的大劍抵住她的纖細脖子。

「你、你是——!?」

「我乃黑騎士，在此登場！」

「……不，你明明是奧威爾吧。」

這已經不知道是葛倫今天第幾次忍不住快昏倒了。

「你在搞什麼鬼……這次又想幹什麼了……」

「呼！假面的英雄不能沒有對等的敵手！為了和平，我也只好含著淚水，選擇墮入黑暗之道！」

「給我下地獄去吧。」

「呼哈哈哈哈！信任的夥伴變成敵人，這樣的發展也是固定的套路！」

「別搞錯了，我從來沒相信過你。」

葛倫的肩膀微微顫抖著。

「不，瞬間裝甲蒸鍍式是前所未有的魔導術式！把裝甲蒸鍍到身體的瞬間，有可能會發生壓死或窒息死等攸關性命的意外狀況，可是你用自己的身體證明了這個魔導術式是安全的！所以我才能放心墮落！我得跟你道謝哪，假面騎士凱薩X！呼哈哈哈哈哈哈——！」

「夠了……我真的超想扁你一頓……」

過去曾有像他這麼為所欲為又放蕩不羈的人嗎？雖然葛倫自認自己和瑟莉卡已經算是很不正經的人了……可是和這個男人相比，他們師徒倆根本可愛多了吧？

「來吧，比比看誰才是真正的英雄，凱薩X！話說在前——這套黑騎士鎧甲的性能比你的鎧甲強上兩倍！」

「嗚哇，太奸詐了吧……」

「還有，如果你不接受挑戰，這個小姐會有什麼下場，你應該很清楚吧……咯咯咯……」

「騎、騎士大人……不可以和他打起來……請不要管我了……」

「啊啊可惡！這到底是什麼鬼發展啊!?」

話說回來，抓人質做為要脅在先，最好還敢誇口自稱什麼英雄啦…………葛倫忍住吐槽的衝動，挺身面對著黑騎士——奧威爾。

「好吧……我來當你的對手……反正我的耐性也差不多快到極限了……」

「哼，果然要為了少女而投入對自己不利的戰鬥嗎！」

「騎、騎士大人……您為了我……」

「你可別忘了，我手上還有人質喔？」

「啊啊，人質的問題不用擔心。其實，我知道可以打破這個狀況的魔法話語。」

「……唔？」

奧威爾一臉詫異，葛倫當著他的面突然拋開手中的劍——

「放馬過來吧，黑騎士！把劍拋下，和我一決勝負！」

然後握起了拳頭。

對此，奧威爾的抉擇則是——

「哼，原來如此……男人的勝負不需要人質……也不需要劍！像你這種傢伙……像你這種傢伙我才不怕！等著被我血祭吧啊啊啊啊啊啊啊啊——!?」

直到最後依然執著地要照著固定套路走的奧威爾，乾脆地放棄了劍與人質，用拳頭和葛倫展開了搏鬥……

結果完全不出意料之外。

奧威爾雖然是蓋世的天才，不過以身體強度而言，他只是個弱不禁風的魔術研究者；相對的，葛倫在帝國軍接受過扎實的戰鬥訓練，而且也透過實戰累積了許多經驗。這樣的兩個人若打起『格鬥戰』結果會是如何……兩倍的鎧甲性能是否能彌補那段差距……結果十分明顯。

幾分鐘後——

「啊～痛快多了……活著真好啊。」

雖然被面具遮住看不見表情，葛倫的臉上應該是掛著非常舒爽的笑容，另一方面……

「……咳噗（吐血）。」

被痛扁到連盔甲都嚴重變形的奧威爾所扮演的黑騎士，則像一塊破抹布一樣倒在旁邊的地上。

「說、說得也是……即使鎧甲的性能再強……不會格鬥技能也沒有意義……我就覺得好像有哪裡不對勁……」

奧威爾口中唸唸有詞地呻吟。

然後，在離兩人有段距離的地方……

「騎士大人……果然好帥。」

「在看了那種殘忍的私刑後，居然還會這麼想……溫蒂妳的腦袋真的還好嗎？」

「啊哈哈……戀愛是盲目的嘛……」

溫蒂用帶著熱意的眼神凝視著葛倫的背影，來到了中庭的西絲蒂娜和魯米亞則不安地嘆著氣。

「今天算是你贏了，凱薩X……不過你最好記住！只要人心存有黑暗……之後一定會有第二個、第三個黑騎士出現……再會了！」

然後，奧威爾在腰部的釦環上進行了某種操作。

嗶、嗶。

葛倫和奧威爾的鎧甲都發出了奇妙的聲音。

『『三十秒後將自爆——』』

兩道魔術語音同時開始播放。

「……喂，你這傢伙……剛才究竟做了什麼？」

葛倫呻吟道，雖然被面具遮住看不見表情，可是不難想像他這時肯定鐵青著臉。

「這還用問嗎？當然是自爆了，自爆。自爆可是男人的浪漫！這套『騎士魂』系列全都有安裝自爆術式……」

「你這傢伙真的只會動這種歪腦筋哪。也稍微自重點吧。」

「而且！邪惡魔王的最後下場，當然是自爆了。按照那個原則，我將要壯烈犧牲……」

「呃，你要不要自爆是不關我的事啦……問題是我的鎧甲的自爆術式好像也啟動了，為什麼？」

「……咦？啊，真的。可能是因為它自爆術式的引爆機構使用的零件跟黑騎士一模一樣吧！天才如我真是太不小心了，居然犯下了這種幼稚的失誤……耶嘿☆」

「……是嗎？」

葛倫不動聲色地瞥了西絲蒂娜等人一眼。

「不、不要啊啊啊啊——!?騎士大人——!?」

只見西絲蒂娜和魯米亞拖著流淚的溫蒂，正在遠離葛倫和奧威爾。

魯米亞一副很內疚的樣子，雙手合十，不斷向葛倫鞠躬道歉。

葛倫並不恨她。因為她完全沒有跟自己一起犧牲的必要……葛倫是真心如此認為。

只不過，他有一句不吐不快的心裡話，那就是——

「這是在搞屁啊啊啊啊啊啊啊啊啊啊啊啊啊啊啊啊啊啊啊啊——！」

轟！

葛倫發自靈魂深處的吶喊，被撼動了整間學院的巨大爆炸聲給蓋過去了——

——第二天。

「喂，你有聽說嗎？」

「啊啊，奧威爾・休薩教授昨天好像又闖禍了。」

「就某方面而言，這次應該是有史以來最慘烈的地獄吧……？」

「啊～還好這次沒有被捲進去……上天保佑上天保佑。」

昨天爆發的慘劇在學院掀起了話題。

「……那休薩教授之後怎麼樣了？」

「啊啊，聽說他全身纏著繃帶，卻還是生龍活虎地待在研究室裡做一些奇怪的研究呢。」

「不會吧，還活著嗎……」

「不只沒死，聽說他還宣稱『我找到了無可挑剔的勁敵兼合作對象』……現在興致非常高昂，幹勁滿滿的樣子喔？」

「什麼!?別、別鬧了!?是哪個笨蛋跑去跟那個變態大師起鬨的啊!?」

「我也不知道是誰，不過那個人肯定不是什麼正經傢伙……」

台下的每個學生都在悄悄地討論著昨天發生的事情，講台上的葛倫（全身上下滿是繃帶和燒燙傷）則是垮著一張臉裝聾作啞，默默地把魔術式寫在黑板上。

長聲嘆息的西絲蒂娜。

只能苦笑的魯米亞。

以及——

「騎士大人……」

坐在靠窗的位子，帶著鬱鬱寡歡的表情，托腮望著窗外的溫蒂。

「您真的被炸死了嗎……？不，不可能的……騎士大人一定還活著……我相信他……總有一天……我們一定會再重逢的……」

一聲帶著惆悵之意的嘆息，自溫蒂形狀優美的嘴唇流洩而出……

最後消散在菲傑德那清澈湛藍的天空之中。

帝國宮廷魔導士
工讀生・梨潔兒

Alzerna imperial sorcerer arbeiter Re=L

Memory records of bastard
magic instructor

不正經的魔術講師與追想日誌

Memory records of bastard magic instructor

某天，在阿爾扎諾帝國魔術學院的後庭。

「我注意妳很久了！請跟我交往！」

「呃……」

一名男學生在困惑的魯米亞面前彎下了腰。

男學生寫信約魯米亞出來見面，向她當面告白——這是多麼青春洋溢的畫面。

「對不起，艾克同學。我……」

魯米亞歉然地低頭回答。

對那名男學生而言，這次的告白雖然是有點苦澀的經驗，可是一定會成為日後的美好回憶……正當他的青春要寫下這一頁的時候……

「魯米亞——！」

忽然有一道大叫聲破壞了氣氛。

只見一個面無表情的少女踩著咚咚作響的沉重腳步聲，殺氣騰騰地衝了過來。

那名少女隨便用條繩子把雜亂的藍色頭髮紮起來，個頭嬌小。她纖細的手上提著一把大劍——那把劍看起來又長又笨重，和是個小不點的少女一點都不搭。

「梨潔兒!?」

「咿————!?」

男學生被以異樣的姿態闖入的第三者嚇破了膽，往後倒退。

「離魯米亞——遠一點！」

少女的速度就如疾風一般，瞬間拉近了和男學生之間的距離，少女——梨潔兒將大劍高高舉起，如落雷般往下劈砍。

咚鏗！

巨大的破碎聲響傳遍了整個學院。

男學生嚇得屁滾尿流，抱頭蹲在地上，他背後那面朝著中庭的校舍牆壁，被少女的大劍砸出了一個大洞。

「什、什、什麼————!?」

這一頁原本應該是微帶苦澀的青春回憶，如今卻變成不堪回憶的過去，梨潔兒用大劍的劍尖指著含淚的男學生。

「別想對魯米亞出手。我會砍了你。」

雖然她的口氣雲淡風輕，讓人感受不到任何一絲情感——但在這個時刻反而更讓人覺得可怕。

「住、住手——!?梨潔兒，不可以做那麼粗暴的舉動！」

一名銀髮少女姍姍來遲地趕到啞然失色的魯米亞、跌坐在地上嚇傻了的男學生、手持大劍的梨潔兒三人面前，她是——

「西絲蒂!?妳怎麼會在這裡？」

「對不起！因為魯米亞妳說有人要跟妳告白，我們怎麼樣都放心不下……所以就躲在校舍後面偷偷——默默關注，結果，沒想到梨潔兒突然失控……」

氣喘吁吁地跑上前來的少女——西絲蒂娜面帶歉意地解釋後，生氣地對著梨潔兒質問道：

「真是的，梨潔兒妳在做什麼啊!?」

「因為……」

被西絲蒂娜斥責後，梨潔兒顯得有些沮喪。

「這傢伙跟魯米亞說……『※請跟我互刺』。」（譯註：日文裡的「交往」和「互刺」屬同音異字。）

「……？那怎麼了嗎？」

「如果我沒衝出來的話……魯米亞差點就要跟這傢伙用刃器之類的東西『互刺』了。幸好我有及時趕上……應該吧。」

「人家不是那個意思！所謂的『請跟我交往』，只是拜託對方跟自己成為男女朋友而已！」

「……男女朋友？」

梨潔兒微微睜大眼睛，轉頭望向魯米亞。

「魯米亞。男女朋友……是什麼？」

「啊、啊哈哈……那是……」

魯米亞湊在梨潔兒的耳邊，簡單說明了跟男女朋友有關的基礎知識。

「……我不是很懂……對彼此有好感的男女生會互相刺來刺去嗎？」

「嗯，應該是吧……」

聞言，梨潔兒轉身面向坐在地上嚇破了膽的男學生，垂下沒睡飽的眼睛看著他。

「既然是這樣的話，你沒希望了。因為魯米亞喜歡的人大概是葛倫。所以魯米亞應該是想跟葛倫互刺才對。死心吧。」

讓原本只是微微苦澀的青春回憶變成了慘烈回憶的藍髮惡魔，這回毫不留情地補上了致命一擊——

「嗚哇啊啊啊啊啊啊啊啊啊啊啊啊啊啊啊啊啊啊啊！」

男學生嚎啕大哭地跑走了。

「梨、梨潔兒妳在說什麼呀！我哪有說過那種……」

魯米亞微微漲紅了臉，慌忙為自己辯解。

「放心。魯米亞妳要和葛倫互刺的時候，我也會幫忙。因為我也喜歡葛倫。」

一如往常面無表情的梨潔兒，得意地握著大劍擺出架式。

「啊、啊哈哈……她好像還是誤會了的樣子耶……？」

「現在不是說那個問題的時候，魯米亞……大家都跑來看熱鬧了……怎麼辦……」

西絲蒂娜嘆了口氣，環顧四周。

好奇的學生們陸陸續續地聚集在後庭。

西絲蒂娜的眼神瞄向開了個大洞的學院校舍牆壁。

「梨　潔　兒～～!?」

在學院的教職員室裡。

太陽穴爆出青筋的葛倫，氣呼呼地瞪著呆站在他面前的梨潔兒。

「怎麼了？葛倫。你的表情好奇怪。」

道。

面對如厲鬼一般的葛倫，梨潔兒還是困倦似地面無表情，以一副不關己事的樣子喃喃嘟囔

「那不是重點……妳到底還要惹多少次麻煩才滿意……？」

「……麻煩？太教人意外了。我哪有惹什麼麻煩……都是葛倫的錯覺。」

「最好是錯覺啦啊啊啊啊啊啊啊啊啊啊啊啊啊啊——！」

葛倫把還沒寫完的一疊報告書灑到頭頂上，用兩隻拳頭抵著梨潔兒的太陽穴，然後以猛烈的速度轉動了起來。

「好痛。」

「妳這個禮拜破壞幾次公物了!?都是妳這混蛋害我像個暢銷作家一樣，一天到晚都在寫督導不周的報告書！付我版稅啊妳混帳東西——！」

「老師，你要冷靜下來！」

魯米亞安撫葛倫的情緒。

「不要阻止我——！都是她害得我一直被扣薪水喔!?不但沒有版稅可以爽賺，寫愈多還只會讓日子過得愈痛苦，根本完全不給人活路啊啊啊啊啊——！」

「葛倫也不輕鬆呢。」

「妳　沒　資　格　講，妳沒資格啦!?妳這個萬惡的根源！」

梨潔兒事不關己似地細語著，葛倫的手有如鷹爪一般用力抓著她的頭殼不放。

「好痛。」

「可惡……雖然早就知道妳是有社會不適應症的傢伙……可是繼續這樣下去，遲早會有問題哪……」

「沒錯，有道理……梨潔兒必須多知道一點常識才行……」

葛倫嘆著氣發起牢騷，這樣的情況讓西絲蒂娜也坦率地認同了他的看法。

梨潔兒・雷佛德。

她本來不是這所學院的學生，而是葛倫在帝國軍時代的前同袍——隸屬帝國宮廷魔導士團特務分室的現役魔導士。

她在上個月以編入生的身分，被帝國軍派遣到魔術學院，秘密擔任處境複雜的女學生魯米亞的貼身護衛。

後來，在同樣於上個月舉辦的遠征修學發生了許多事情，在經歷了那些事件後，梨潔兒也真正成了葛倫班上的一份子……話雖如此——

特殊的生長環境造就了她那缺乏常識的毛病，直到現在，她依然會做出令人困惑的舉動，也依然是個抱有社會不適應症的人士，是葛倫的頭號頭痛人物。

（唉唉……難道都沒有什麼好方法嗎……再這樣下去，我的荷包真的會被吸乾……）

葛倫原本就因為督導不周的原因讓薪水頻繁失血，現在還得被迫幫闖禍的梨潔兒收拾善後，以預先扣薪的方式，賠償她破壞公物所造成的損失。這個世界實在是太沒有天理可言了。

（有沒有可以讓梨潔兒學習一般常識……又能幫我的荷包止血的方法啊……唔，有了！）

靈機一動想到好點子的葛倫指著梨潔兒。

「梨潔兒妳去打工吧，就這麼辦！」

「打工？是工作的意思嗎？」

一臉困倦的梨潔兒微微偏著腦袋。

「沒錯，妳知道得很清楚嘛，了不起。我仔細想過了，妳的世界還太過狹隘。所以我建議妳去跟平常沒接觸過的人一起工作，學習一下社會是怎麼運作的。」

「啊，這點子似乎不錯耶。」

魯米亞微笑著附和。

「我以前也當過鄰居小孩的家庭老師，從中得到了許多跟上學不一樣的經驗，獲益匪淺喔。」

「是吧？出社會工作真的很棒對不對!?」

「……這句話從老師口中說出來，總覺得有種很強烈的詭異感……」

西絲蒂娜露出不屑的眼神吐槽。

不過葛倫提出的這個提案，感覺確實不錯。

「好啦，以老師而言，我承認這算是很有建設性的想法了。嗯，那我們也一起幫……」

所以西絲蒂娜也坦率地予以讚美，自願提供協助，然而……

（咯咯咯……很好，這樣我就可以成為梨潔兒和雇用者之間的窗口，再私吞她的薪水……如此一來，或許可以稍微填補一點因為她而縮減的荷包……呼，簡直太完美啦……！）

葛倫小小聲地不知道在嘀咕些什麼，一臉邪惡的表情上浮現淺淺的笑意……

「……看那表情一定是在想什麼餿主意……」

「別、別這樣嘛……以幫助梨潔兒學習來說，這提案確實不差……」

魯米亞一如往常地安撫滿臉無奈的西絲蒂娜。

「雖然不是很清楚……好吧，我願意去工作。既然葛倫都那麼說了。」

「噢，是嗎是嗎！妳願意去工作嗎！很好，那妳就努力工作賺進大筆的——盡量多學習一點吧！我很期待妳的表現！」

「……嗯。我會加油。不會辜負葛倫的期待。」

「她真的是很單純的女孩子耶……將來我們得幫她嚴格把關，免得被奇怪的男人給騙了……」

「啊哈哈……」

魯米亞也只能苦笑。

「話說回來，老師。你打算幫梨潔兒安排什麼工作？」

「這個嘛……考慮到每個人都有擅長和不擅長的事情……」

當葛倫開始認真思考的時候……

「聽說──」

「──你們正在找工作！」

教職員室的門突然碰地一聲猛然打開。

「呼哈哈哈哈哈──！世紀的天才魔導工學教授！奧威爾・休薩在此登場！」

「白魔術的世界級權威！崔斯特・魯・諾瓦爾男爵來見妳們了！」

「免談，笨蛋！」

「「呀啊啊啊啊啊啊──!?」」

學院的變態教授們奧威爾和崔斯特兩人一現身，葛倫立刻衝上前去，把他們踹得東倒西歪。

「為、為什麼，葛倫老師!?你們不是在找工作嗎!?我這裡正好有個工作機會！來當我的劃世紀新發明的實驗對象——」

「我也是為了鑽研精神支配的白魔術，正在招募可愛的少女做為施術對象。我絕對沒有什麼不良企圖！此乃促進魔術發展的崇高——」

「所　以　說，免談！快滾，你們這兩個變態大師！」

「——我們願意提供豐厚的報酬！」」

奧威爾和崔斯特異口同聲地大喊。雖然大家常常會忽略，不過這兩人可是有錢又有勢的貴族。

「那麼，我們立刻來討論細節吧。」

聞言，葛倫一改先前強硬的態度，和奧威爾以及崔斯特男爵勾肩搭背，邀兩人坐下來談話。

「《你們三個・不要・太過分了》——！」

「「「呀啊啊啊啊啊啊啊!?」」」

西絲蒂娜的黑魔【狂風吹襲】掀起了猛烈的狂風，一口氣把三個笨蛋都吹跑了。

「好吧，情況是這樣的……」

葛倫等人來到種了一整片藥草的學院藥草園。

「一開始就去校外打工，對梨潔兒來說挑戰難度太高了。所以先從學院內提供給學生的打工開始做起，讓她習慣勞動這件事吧。」

環顧四周，除了葛倫等人以外，在場還有將近二十名學院的其他學生也聚集在此。

「哎呀～幸好瑟希莉亞老師正好在找工讀生。」

葛倫的視線投向了一名氣質文靜的女老師。女老師把柔軟的頭髮綁成了大麻花辮，是個看似溫柔、帶有空靈氣息的年輕女孩。年紀應該跟葛倫差不多。

她的名字是瑟希莉亞・赫斯特伊亞。

她和花俏又妖豔的瑟莉卡不同，屬於另一個類型的美女，同時也是擅長法醫系的白魔術和魔術藥調合的專家，技術是全學院公認一流的。

瑟希莉亞並沒有擔任班級的魔術講師，而是以法醫師的身分，常駐在學院的醫務室，目前是第四階級的魔術師。

大部分的一般魔術師們窮極一生也只能爬到第四階級，由此看來，年紀輕輕就能爬到第四階級的瑟希莉亞，肯定是一名才華洋溢且前途無量的女性，問題是……

「那個……瑟希莉亞老師？妳還好嗎？臉色感覺很難看耶……？而且還流了好多汗……」

「啊哈哈，放心啦，葛倫先生……昨天我一不小心就熬夜了……只睡了十一個鐘頭覺得睡眠有些不足，現在有點發燒……」

「咦、咦咦……？」

瑟希莉亞無視困惑的葛倫等人，從肩包裡掏出一瓶罐子，把手伸進罐子裡抓了一大把自製的魔術藥丸，然後塞進嘴巴啵哩啵哩作響地將其咬碎，吞下。

「嗚、咳噗……嗯……呼……抱歉讓大家擔心了……吃過藥後就沒事了……咳、咳咳！嗯～今年的感冒很難纏呢……」

在呆滯的眾人面前，瑟希莉亞突然開始吐血。

「感、感冒……？不不不，等一下!?妳得的應該是某種重病吧!?怎麼會是感冒!?」

「不、不用擔心……真的只是感冒而已……我的腸胃和肺部和肝臟和胰臟和心臟和血管和其他諸多器官天生就很羸弱，光是感冒就會吐血……」

「那不就是幾乎全部的內臟嗎!?」

就像這樣，因為瑟希莉亞屬於極端體弱多病的體質，所以就算她擁有貨真價實的才華……可是她能否活到將來的成就開花結果的時候，不禁令人感到非常不安。

「呼……呼……嗯，今天咳出來的血顏色很鮮豔……我還可以……母親……我的身體還很有活力喔……」

瑟希莉亞看著染血的手，面露帶有幾分悲壯意味的笑容。

「葛倫。這個人好像快死了。」

「喂，不可以說出來。」

「啊哈哈，沒關係啦。我體弱多病，害大家為我操心是不爭的事實。那麼就不提這件事了，今天的工作有勞大家幫忙囉？」

那是會激起人的保護慾的笑容……雖然嘴角掛著血絲就是了。

接著，瑟希莉亞搖搖晃晃地開始說明。

「今天希望在場的各位幫忙的工作，首先是把那一塊田地的土翻鬆，這樣才能種植新的藥草。這工作主要請男同學們幫忙。」

瑟希莉亞指示的那個區域，是一塊經過休耕期後略顯荒蕪的田地。

「等男同學把土翻鬆後，接著再請女同學種下新的藥草的植株，不過……」

瑟希莉亞環視了場上的學生後，困擾地用手托著臉頰。

「嗯……這次來打工的人是女生占多數呢……男學生數量這麼少，讓他們耕作那麼大片的田地，負擔實在太大了……好吧，沒辦法了。」

於是，瑟希莉亞下定決心地點了下頭，捲起袖子，使出全力把放在一旁的鋤頭舉起來，然後像才剛出生的小鹿一般四肢顫抖著，拿起鋤頭擺出姿勢。

「……我也加入翻土組的行列！」

「放　棄　那　個　念　頭　吧。妳想死嗎？」

葛倫一臉僵硬，搶走了魯莽行事的瑟希莉亞手上的鋤頭。

「可是……我不能把負擔都丟給學生……咳咳、咳咳……」

話才剛說完，瑟希莉亞就開始吐血。不管怎麼看都是行將就木的樣子。

「好了啦！不用這麼擔心！因為有這傢伙在啊！」

葛倫把呆呆地站在一旁，好奇地打量著田地的梨潔兒推到瑟希莉亞面前。

「這傢伙空有無比的腕力和體力……是說，我不希望讓這傢伙去做種植藥草這種纖細的作業，因為我有非常不祥的預感……如果翻土組缺人手，派她一個人就萬事ＯＫ了。」

「……咦？不好吧……她長得這麼嬌小耶……？」

瑟希莉亞不可置信地看了梨潔兒一眼。

「這傢伙就是標準的人不可貌相的類型。實際做給妳看或許會比較容易理解吧。」

葛倫把從瑟希莉亞手中搶走的鋤頭拋給了梨潔兒。

「……？」

梨潔兒接下鋤頭，疑惑地注視著它。

「梨潔兒，挖吧！」

「……知道了。」

「咦？老、老師等一下──」

西絲蒂娜還來不及阻止，梨潔兒已經慢慢地高舉起鋤頭──

咚沙──────！

她只不過才挖了一下，地面就出現一個巨大的隕石坑，大量的泥土變成土柱噴上空中──

西絲蒂娜第一時間詠唱了黑魔【空氣護罩】張開空氣障壁，除了她和在效果範圍內的魯米亞以外，其他人都遭到泥土雨的襲擊，還沒下田工作就搞得滿身泥巴。

「……啊嗚。」

瑟希莉亞像是被從天而降的泥沙壓垮一樣倒在地上。

「……你沒想到會發生這種情況嗎？」

「……抱歉，我有點太大意了……」

面對西絲蒂娜帶著譴責的視線，葛倫尷尬地流了滿頭大汗。

「不過……的確呢，有這麼強大的力量幫忙就沒問題了……」

瑟希莉亞在其他學生的攙扶下站了起來，認同地說道。

「呃……梨潔兒同學？今天幫藥草田翻土的工作就麻煩妳囉？」

「嗯。包在我身上。我會全力以赴。」

「全力就免了，不要全力……拜託放輕力道，算我求妳……」

「為求方便，今天的工作將由我親自監督，這是學院發派的正式工作委託，所以還是有微薄的酬勞可以領的，大家加油吧。」

「嗯。我會加油。」

「……適可而止就好啊。」

對之後的發展感到不安的葛倫，不禁嘆了口氣。

然後……

「喔喔喔喔，那女孩子也太強了吧……」

「鋤頭二刀流我還是第一次看到……」

手拿鋤頭的男學生們紛紛向梨潔兒投以驚愕的視線。

只見梨潔兒雙手各拿一把鋤頭，一下又一下，不停地交互揮舞刨開地面，展現出了荒唐至極的蠻力。

咚喀喀喀喀喀喀喀喀！

鋤頭明明有一定程度的重量，可是她揮舞起來的感覺就像在揮樹枝一樣輕鬆。彷彿拿著兩把菜刀在剁碎肉般，經過休耕後變硬的泥土慢慢被翻鬆了。

梨潔兒還是一臉想睡覺的表情，似乎不覺得這工作有什麼辛苦的樣子。

「梨、梨潔兒好厲害……」

在已經翻好土的地方小心翼翼地栽種新藥草植株的魯米亞，暫停了手邊的工作，佩服地注視著梨潔兒。

「她如果拿出真本事的話，實力才不只那樣呢。她現在連強化身體能力的魔術都還沒有用上……」

「真、真的嗎？」

在旁進行著同樣作業的西絲蒂娜說完後，魯米亞吃驚地高呼出聲。

梨潔兒做為魔導士時，基本戰法就是利用鍊金術高速鍊成大劍，然後搭配身體能力強化的魔術猛力揮擊，非常單純。也正因為如此，得知她不需要強化身體能力也能負擔如此吃力的作業，令魯米亞感到驚訝。

「啊～畢竟身體能力強化的魔術不適合用在講究持久力的工作上。」

葛倫幫忙解說。

「強化效果開啟的時候，魔力是時時都在消耗的，以工作達成量來說，體力的消耗度非常驚人，最終往往讓工作效率下滑。所以身體能力強化魔術的使用者，必須時常注意魔力的消耗量。而且實戰的時候，在大多數的情況下，把用在身體能力強化的魔力轉移到攻擊咒文會更有效率。」

「也難怪有很多魔術師不喜歡身體能力強化的魔術了……」

西絲蒂娜恍然大悟地接著說道。

「正是如此。所以原本的身體能力就已經很接近怪物的梨潔兒，來做這項工作可說是再適合不過了。」

「嗯，老師你說的這些我都懂。」

西絲蒂娜冷冷地看著葛倫。

「……問題是老師你在幹嘛？」

「啊～妳看不出來嗎？我在睡午覺啊，睡午覺。」

眼前的情況就是這樣。

當所有學生齊心協力努力工作的時候……唯獨葛倫懶洋洋地躺在田埂上享受清閒。

「大家都這麼努力在工作耶？難道你都不會想要幫一下忙嗎？」

「怎麼可能。我又不想工作，而且麻煩死了。」

葛倫一臉清爽地斷言道。

「而且我有監視梨潔兒這個超級繁忙的重要任務耶？所以就算我想付出勞力，也是心有餘而力不足啊～真的是太遺憾了～本來想說偶爾下個田也不錯呢～」

「你這人……！」

「算、算了算了，西絲蒂。反正這工作本來就是為了幫助梨潔兒……況且我們也是自願幫忙的。」

「魯米亞妳說得沒錯，可是我就是不爽！」

當葛倫和西絲蒂娜在無謂的事情上鬥嘴時，翻土的工程持續進展著。

「喂喂喂，梨潔兒同學。請妳力氣再小一點好嗎～？土都飛到這裡來了喔～？」

「……啊，抱歉。」

「啊哈哈……我知道妳很拚啦，不過還是提醒妳要注意一下四周的情況，放鬆心情工作吧？」

「嗯，我會注意。」

不說一句廢話，默默專注在工作上的梨潔兒，似乎給了旁人不錯的印象。她和一起工作的男學生們有一搭沒一搭地閒聊著。

「梨潔兒同學～請過來一下！這裡的土還是好硬……」

「我知道了。現在就去。」

雖然梨潔兒一開始捅了簍子，不過基本上她的態度是老實坦率的，所以也受到女學生們的歡迎。

「梨潔兒同學，不好意思。土裡面有一塊很大的石頭。可以麻煩妳幫忙挖出來嗎？」

「……嗯。交給我吧。」

梨潔兒和旁人一起合作，努力進行著作業，表現得比葛倫想像中還要傑出。

「噢噢，還不錯嘛。梨潔兒妳學習融入社會的狀況很好不是嗎？呼……果然葛倫・雷達斯大師我的眼光是正確的……年輕人們，就這樣好好關照我家的梨潔兒吧！我打從心底替你們加油喔，哈哈哈！」

（（（吵死了……）））

這個瞬間，場上所有學生心裡想的都是同一件事。

然後……

「咳咳咳！各、各位同學……差不多該休息了吧？」

瑟希莉亞吐著血宣告，學生們紛紛放下手邊的工作。

「大家好厲害喔！預定的田地居然已經處理完一半以上了……」

「哎，這是因為梨潔兒同學大展身手的關係！」

「嗯，有梨潔兒同學在真的太好了。」

大家異口同聲地稱讚著梨潔兒。

「……嗯。」

梨潔兒淡淡地應了一聲。

雖然梨潔兒一如往常面無表情，對人愛理不理的……不過又好像有點害羞的樣子。

「是啊，今天還好有梨潔兒幫忙。讓我開心得快要貧血昏倒了……啊啊……啊……誰來幫我從包裡把藥拿出來……世、世界變得好昏暗……」

「嗚哇啊啊啊啊，老師!?」

「振作一點啊!?」

四周的學生連忙從兩邊攙扶住突然虛脫、差點昏倒的瑟希莉亞。

「總之，大家應該都累壞了吧，要不要休息一下？」

「比起我們，瑟希莉亞老師似乎更需要休息吧……就身體上而言。」

看著瑟希莉亞嚼碎大量藥丸，並且喝下顏色詭異的瓶裝藥水，西絲蒂娜帶著嘆息如此說道。

「雖然離這裡有段距離，不過我們去學院的戶外咖啡廳歇一歇吧。今天大家都很努力，我請大家喝紅茶和吃甜點吧？」

「噢噢，太好了！謝謝！瑟希莉亞老師！」

學生們高聲歡呼。

「那麼我們這就出發吧？畢竟這有可能是我最後一次喝下午茶了……呵呵，開玩笑的啦。」

瑟希莉亞就像個小女孩一樣，邊開著玩笑邊可愛地笑了起來。

「……請別烏鴉嘴呀，老師。這種話由妳來說，聽起來一點都不像在開玩笑……」

包括西絲蒂娜在內，所有學生都冷汗直流，表情緊繃。

這時……

「我不去沒關係。」

梨潔兒推辭了瑟希莉亞的好意。

「哎呀……為什麼？」

「我不是很聰明……可是我對自己的體力很有自信。所以大家去休息吧，我還想再努力一下。」

梨潔兒似乎充滿了幹勁，只不過她面無表情，很難從外表看出來。

或許是因為大家都誇獎她的工作表現，讓她非常開心吧。

「可是讓梨潔兒同學一個人工作，我們卻跑去休息的話……」

「啊～沒關係啦，瑟希莉亞老師。放手讓她去做吧。」

這時葛倫介入了話題。他還是一樣慵懶地躺在田埂上。

「我懶得去咖啡廳了，留在這裡就好。我會幫忙照看這個傢伙，所以大家去休息吧，不用擔心她了。」

「真的可以嗎……？」

「啊～放心啦、放心啦。可是相對的，麻煩妳幫這傢伙加個薪水囉，咯咯咯……」

「呃……既然葛倫老師已經把話說到這個份上，好吧。那之後的事情就有勞你了，葛倫老師。」

於是——

瑟希莉亞在周圍學生的攙扶下離開了田地，其他學生也跟著移動。

「……真的不會有問題吧？」

「嗯……？」

西絲蒂娜和魯米亞雖然放心不下，也只能硬著頭皮跟瑟希莉亞離開。

「老師～！你要認真照顧梨潔兒喔！」

「好～啦好啦好啦好啦……」

西絲蒂娜這麼喊著，不過葛倫躺在地上看也不看她一眼，敷衍似地揮了揮手。

西絲蒂娜等人離去之後……

「真是，也太愛瞎操心了吧……」

葛倫懶懶地躺在地上，心不在焉地看著梨潔兒工作。

梨潔兒自始至終都一語不發，專心地用鋤頭耕地。

「不管怎麼樣，梨潔兒應該沒問題了吧……反正接下來只剩單純的勞力工作……而且現在四下無人……就算她想惹麻煩也無從惹起……呼啊……好睏……好無聊喔……」

人都跑光後，景色變得更單調乏味了，葛倫忍不住打了個呵欠。

「算了……反正他們頂多三十分鐘就會回來了吧……來睡一下吧……」

抗拒不了睡魔的誘惑。

葛倫輕輕地閉上了眼睛。

——三十分鐘之後。

「喂，葛倫。快起來。」

搖搖晃晃。搖搖晃晃。

身體被搖動的感覺，讓徘徊在夢境與現實之間的葛倫漸漸清醒過來。

他微微睜開眼睛，出現在他身旁的正是梨潔兒。

「呼啊……幹嘛啊？妳有認真在工作嗎？別想混水摸魚喔……？」

「不是的。已經做完了。」

「……啥？」

葛倫揉了揉惺忪的睡眼，慢吞吞地坐直身子。

「田都被我耕完了。」

「……笨蛋，那怎麼可能……就算是妳也不可能在這麼短的時間內……少胡說八……」

葛倫把視線投向田地後。

「啊咧。」

葛倫忍不住猛眨眼。

令人驚訝的是，梨潔兒沒有說謊，整塊田地都被她耕完了。

「我盡最大的努力了。我用了身體能力強化的魔術，魔力全開，全力以赴地工作……為了減輕大家的負擔。」

或許是心理作用，梨潔兒看起來好像有些驕傲。雖然面無表情，可是很明顯地渾身散發出一股「快誇獎我」的氣場。

「是嗎……原來如此……妳全力以赴了嗎……」

葛倫接受了眼前的事實。梨潔兒說得沒錯，已經沒有需要耕作的土地了。

從跟今天的作業毫無關聯的休耕地，到今天好不容易種下了新的藥草的田地，隔壁種有貴重藥草的藥草田，以及等著收割的其他藥草田。放眼望去，所有的地都被梨潔兒耕作過，土都被翻了起來，那畫面只能說是慘不忍睹。

拜她的努力所賜，讓遼闊的學院藥草園上頭的綠意蕩然無存。只剩一片光禿禿的土黃色。

「大家一定會嚇一跳。」

「那是當然會吃驚的吧……」

葛倫喃喃嘟囔道，他止不住地顫抖，全身就像下雨一般冷汗直流。

最後……

「啊啊啊啊啊啊啊——!?我這個笨蛋笨蛋笨蛋——！」

葛倫抱著頭仰天長嘯。

「這傢伙不管做什麼總是會變成讓人預想不到的結果，這個教訓在我以前還是軍人的時候就已經親身領教過了！為什麼我還會這麼大意!?」

「嗯。葛倫也對我的表現感到吃驚……太好了。」

「好個屁啦啊啊啊啊啊啊啊啊啊啊啊啊啊啊啊——！」

轉轉轉轉轉！

葛倫用拳頭抵著梨潔兒的太陽穴用力轉來轉去。

「超痛的。」

「怎、怎麼辦!?我要找什麼藉口才能交代這個情況!?有不明怪獸出現，把田都耕光了——不不不，這種理由太牽強了吧——」

這時……

「……葛倫老師……？」

啊啊，太無情了。瑟希莉亞她們正好從咖啡廳回來了。

「那個，老師，這到底是……？」

發現情況不對勁的瑟希莉亞笑容都僵了。

「好慘……這、這是發生了什麼事情啊……？」

「嗚哇……也太慘烈了吧……」

眼前一片荒蕪的田地讓西絲蒂娜和魯米亞瞠目結舌，說不出話來。

「呃……瑟希莉亞老師？是、是這樣的……事情說起來非常錯綜複雜……」

當葛倫慌慌張張地想要找藉口的時候……

「——咳噗!?」

瑟希莉亞突然咳出大量的血，應聲趴倒在地上，甚至翻起白眼，開始痙攣。

「呀啊啊啊啊啊——!?瑟希莉亞老師出現休克症狀了啊啊啊啊——！」

「她、她這痙攣的樣子有點不太妙啊!?喂，快去把醫務室的法醫師叫過來！」

「法醫師不就是她嗎!?」

「再這樣下去，剛剛的下午茶就真的變成老師最後一次的下午茶了——！」

「原來那是在插旗嗎！」

「老師——！瑟希莉亞老師，請振作啊——！」

「魯米亞，是妳上場表現的時候了！把我們會的法醫術通通搬出來用吧！」

「嗯、嗯！」

一群人圍著瑟希莉亞吵吵鬧鬧，搞得人仰馬翻。

梨潔兒不可思議地望著那幅畫面。

「瑟希莉亞死了嗎?……好吧。我來幫瑟希莉亞挖個埋葬的墓穴。」

「妳不用幫倒忙了！」

梨潔兒扛起鋤頭準備前往田地，葛倫用力拉住她後腦勺的頭髮大聲制止。

「就是這樣，梨潔兒學習社會化第一彈宣告大成功，讓我們打鐵趁熱——開始下一份工作吧！」

「咦？你確定？你敢說那樣叫做大成功？」

「吵死了！病倒的瑟希莉亞老師的治療費和藥草園的賠償費，還有代墊學生的工資，我的薪水又再一次大失血了，無論如何梨潔兒都得去幫我賺錢，否則我就活不下去了啦!?」

「老師你終於不再隱瞞自己的真心話了嗎……是說，你果然打算侵占梨潔兒的薪水啊……沒人性……」

「……不過這次梨潔兒自己也有責任……不能只怪老師啦……」

「……？」

葛倫一行人現在在學院外，來到了市區生意興隆的咖啡餐廳『Aventure』。

「梨潔兒，妳去這間店當服務生吧！」

「那個……一下子就叫她去挑戰服務業……難度不會太高嗎？」

西絲蒂娜用不以為然的眼神交互打量著一臉呆滯的梨潔兒和餐廳，不安地提出質疑。

「不瞞妳說，這間餐廳給女服務生的打工時薪比其他地方優渥很多呢……妳看。」

葛倫拿出徵人廣告的傳單給西絲蒂娜看，西絲蒂娜訝異地睜大了眼睛。

「騙人，也太多了吧!?」

「不過照傳單上面的說法，這數字是最低起薪吧？也就是說，時薪有可能再往上提高是嗎？難以置信啊……」

「唔姆。這間店的女服務生的制服經過精心設計，是眾所皆知的可愛……聽說制服是店長親自設計的特製品。而且能應徵上服務生工作的女孩子，也都是店長精挑細選過的美少女……工讀生能拿多少時薪和獎金，好像都是看美少女等級的樣子……」

「這種一聽就知道會被女性主義者和婦權團體砲轟的店是怎麼回事……我看這世界沒救了……」

「哎，這叫店長的原則好嗎？」

「……男、男人實在是……」

「啊、啊哈哈……」

西絲蒂娜無奈地嘆氣，魯米亞也不禁苦笑。

「反正梨潔兒單論外表的話也算是個美女，大概會馬上錄取吧。所以一定要趁這機會讓梨潔兒海撈一筆！為了我的明天，也只能不擇手段了！」

「總覺得……事情的焦點好像已經模糊了？」

「好，馬上去應徵吧！」

——於是……

梨潔兒在店裡接受店長面試後，果不其然獲得店長的青睞，當場決定錄用——

「……葛倫。這樣可以嗎？」

換上了女服務生制服的梨潔兒出現在裝潢時髦，氣氛優雅的店內。

這間餐廳的女服務生制服確實是名不虛傳的逸品。

花邊圍裙、髮箍、裙子。顯眼的地方繫有裝飾用的緞帶。乍看之下，雖然這套制服給人可愛、飄然以及無比華麗的印象，卻又不失清純淑女的氣質，同時還強調出了富有青春氣息的稚嫩少女所散發的女性魅力。從中可以感受到設計者的執著，完全是個奇蹟的產物。

「噢噢～俗話說人要衣裝果然不假哪。」

葛倫發自內心讚嘆。

梨潔兒原本就長得很標緻。只要幫她打理一下裝扮，怎麼穿都好看。因為她的身材比同齡的少女嬌小，所以衣服的尺寸略大，看起來不是那麼合身，可是以這間店來說，反而有加分的作用。

「嗯，梨潔兒本來就要在這裡工作，她當然需要換上制服……」

太陽穴爆出青筋的西絲蒂娜按捺著脾氣說道：

「問題是為什麼連我們也要穿這套制服……!?」

仔細一瞧——

西絲蒂娜和魯米亞，也都換上了跟梨潔兒一樣的制服。

「啊哈哈，西絲蒂和梨潔兒都好可愛！很適合妳們耶！」

「啊，嗯，謝謝！魯米亞妳穿起來也很好看……不對，重點不是那個啦!?」

西絲蒂娜不由自主地朝魯米亞露出笑容，不過她馬上回過神，繼續質問葛倫。

「理由很簡單啊……讓梨潔兒自己一人從事服務業，她絕對是辦不到的吧？妳們必須跟在旁邊隨時支援她才行……啊，對了，妳們也順利地通過面試了，應該說店長願意拿出最高的待遇，聘請妳們擔任這間餐廳的專屬工作人員呢……恭喜啊！」

葛倫吹著口哨，左顧右盼。

「你不要轉移話題！為什麼明知道梨潔兒做不來，還硬要讓她從事服務業!?」

「當然是為了錢啊!?老實跟妳說吧，我已經不管梨潔兒能不能學習社會化了！」

「啊～你說出來了！終於說出來了！說出來就沒戲唱了啦！沒人性！沒人性！沒人性！」

「少囉嗦，笨蛋！我只是想把被她害得扣到所剩無幾的薪水給賺回來而已，笨蛋！有什麼問題嗎!?」

兩人在餐廳裡展開了低水準的口頭爭執，吸引了店內工作人員和顧客的目光。

「算、算了啦……反正這份工作對梨潔兒來說肯定會是很好的經驗……西絲蒂娜妳這個月的零用錢也快花光了不是嗎？」

「話……話是這樣……沒錯……」

魯米亞介入話題後，西絲蒂娜鬧彆扭地別過頭去。

「今天一天就好，要不要試看看？我覺得偶爾有這樣的經驗也不錯呢。大家一起打工一定會很有意思的喔？」

「唉……魯米亞妳真的是個性很好的女孩耶……」

不情不願的西絲蒂娜深深嘆了口氣。

於是——

梨潔兒、西絲蒂娜以及魯米亞，開始了女服務生的工作。

「歡迎光臨。客人您準備好要點餐了嗎？」

來到桌邊幫客人點餐的魯米亞露出燦爛的笑容。

「好，收到了。請稍待片刻。」

那不是單純的營業笑容，而是發自內心的微笑，每個上門的顧客都被魯米亞的笑容治癒了。

「店長！客人點餐！十五號桌，烤牛肉和利瑪洛夫蝦；七號桌，兩份馬鈴薯肉派、兩份本日主廚推薦的三明治套餐和兩杯咖啡！……咦？需要有人幫忙結帳？好，我立刻過去！」

西絲蒂娜原本就是個腦筋靈光，做事懂得掌握訣竅的人，工作處理起來非常得心應手。她絲毫不拖泥帶水的工作表現讓人看了就心情舒暢。

雖然一開始的時候，不習慣的工作讓魯米亞和西絲蒂娜感到手足無措，不過轉眼間兩人就熟悉了餐廳的工作環境。表現得就像是資深的工作人員一樣。

可是——

「……真是奇怪……服務生什麼時候才要來幫我點菜啊？動作也太慢了吧……喂～服務生小——嗚喔喔喔!?」

一名舉手想呼叫服務生的客人轉頭一瞧，嚇得大叫一聲，整個身體向後仰。

不知不覺間，梨潔兒一聲不響地站在那名客人的身旁。

「妳、妳、妳是什麼時候出現的!?」

「我站在這裡一段時間了。差不多十分鐘左右？」

「妳、妳站在那裡幹什麼啊!?」

「……我來點餐的。」

「既然來了妳好歹出個聲吧!?」

「……嗯。有道理。」

客人的抱怨言之有理，梨潔兒微微地點了個頭。

「總、總之……可以拜託妳點餐嗎？」

「嗯。」

「呃，首先……」

當客人盯著菜單打算點菜的時候——

「我想吃草莓塔。」

不知何故，梨潔兒竟反過來告訴客人自己想吃什麼。

「啥……？」

「所以說，我要點草莓塔。」

「那個……我不懂妳的意思。」

「……是你拜託我點餐的。所以我要點草莓塔。」

「我不是那個意思——！我才是客人，服務生是妳吧——!?」

「說得也是。那，告訴我你要點什麼吧。」

「呃、呃……這個嘛……我要義式肉醬麵、炸魚薯條和柳橙汁……」

「知道了。馬上幫你拿來。」

…………

……之後……

「嗯。你的餐點我送來了。」

咚一聲擺在客人面前的——

是三個草莓塔。

而且其中一個草莓塔好像被人咬過了一口，順帶一提，梨潔兒的嘴巴似乎在嚼什麼東西一樣動個不停。

「……這是什麼？」

「草莓塔。」

「不，不用妳講我也看得出來。我想問的是這是什麼情況？」

「其實我忘記你點什麼東西了。所以就拿這個來代替。」

「這是哪門子的處理方式!?話說回來，才過一會兒妳就忘記客人點什麼餐，到底是在搞什麼鬼!?」

「嗯。沒事的。很好吃。」

「問題不在於好不好吃啊!?我就是想吃義式肉醬麵！快把義式肉醬麵送過來啊!?」

「不，草莓塔一定比較好吃。所以你吃草莓塔吧。」

「莫名其妙，幹嘛一直跟我推銷草莓塔!?反正妳快把這鬼東西拿走！讓我吃義式肉醬麵！」

客人回答得非常理直氣壯。

聞言——

「你……瞧不起草莓塔嗎？」

鏘。

梨潔兒手上不知何時握著一把大劍——一如既往板著一張冷漠表情的她，朝著拒吃草莓塔的客人，不甚愉快地舉起大劍——

「咿咿咿咿咿咿咿咿咿咿咿咿咿咿咿咿咿咿咿咿咿咿——!?救、救命——」

眼看客人就要陷入恐慌的時候——

「STOOOOP！魯米亞，妳去接待客人！梨潔兒，妳過來這裡一下好嗎？」

「那、那個！客人，不好意思！那女孩才剛來這裡打工，還不習慣工作……」

西絲蒂娜牽著梨潔兒離開，魯米亞代為應付客人，這才讓風波平息下來。

「胃、胃好痛……雖然早有心理準備……看來這種工作對於心智尚未成熟的梨潔兒來說還太早了……」

葛倫窩在店內一角心驚膽跳地觀望著狀況的發展。他只點了一杯咖啡，卻坐了半天，完全就是讓店家感到頭痛的那種客人。

「還、還是半途取消比較好嗎？這個作戰果然太過勉強了……？最好在她闖出什麼無可挽回的大禍之前……唔啜啜啜啜。」

該保險行事嗎？

還是夢想賺大錢呢？

葛倫在兩個選擇之間舉棋不定。

最後，葛倫決定要維持現狀，賭在賺大錢這條路上。

對於葛倫來說，也只剩侵吞梨潔兒的薪水這條路可走了。（葛倫就是葛倫，他根本沒想到自己也在這裡工作賺錢的選項。）

葛倫又接著心驚膽跳地觀望下去。

梨潔兒果然接二連三地不斷製造狀況。

「住、住手——!?梨潔兒，不可以吃那個——！那是要送去給客人的料理耶!?」

「梨、梨潔兒!?餐盤要小心輕放!?啊、啊啊……又打破了。」

「啊啊啊啊！梨潔兒！剛才妳找錢給客人的時候，把賽特銅幣錯拿成里爾金幣了！這樣虧大了耶!?得快點去把錢討回來才行——」

「對、對不起，這位客人！梨潔兒，妳也一起道歉呀！沒想到會走路跌倒還把料理灑到客人的頭上……」

「就、就警告過妳那個不可以吃了，梨潔兒——!?」

（說真的，我怎麼會挑服務業這種工作啊!?）

葛倫抱頭趴在桌上。他從頭到尾只點了一杯咖啡，仍然一直在店裡坐著，完全就是讓店家打從心底感到頭痛的那種客人。

不過，在西絲蒂娜和魯米亞的努力善後下，似乎多少有點成效了。

儘管梨潔兒頻頻鬧出小差錯，不過至少沒引起足以搞垮整間店的致命錯誤，頂多只會讓人覺得她是個冒失的女孩。即使眼看就要鑄下什麼大錯，西絲蒂娜和魯米亞也會即時伸出援手化解危機。

而且會來這間餐廳消費的客人，絕大多數都不是為了享受美食，而是為了欣賞店內的美少女，所以除非自己成了受害的倒楣鬼，否則一般顧客都會站在善意的角度，把梨潔兒那歡樂的服務當成是一種表演。

對店長而言，梨潔兒闖的禍只是不值一提的芝麻小事。

畢竟這間餐廳原本就是靠美少女帶起風評的店，今天有格外可愛的女孩子在店裡服務的消息一下子就散播開來，創下了史無前例的驚人業績。梨潔兒等人帶來的吸客效應，龐大到遠遠超過梨潔兒所造成的損失。

最後，即使梨潔兒再怎麼笨手笨腳，還是多少記起了工作的流程，失誤的情形漸漸減少……

然後，太陽也下山了……

「再、再等一下就要結束了嗎……什麼嘛，其實也沒想像中那麼慘烈……」

葛倫鬆了口氣。

除了一開始的一杯咖啡以外沒點過任何東西，就這樣一直在店裡賴到最後的點餐時間，完全是自私到令人絕望的超級奧客。

「本來還以為會鬧出什麼大事來呢……」

葛倫瞥了剛好在正對面接待客人的梨潔兒一眼。

「嗯。我送你點的草莓塔來了。」

「噢，謝謝。」

「……我沒有偷吃半口，好好地送上了餐點……了不起吧？」

「咦？……啊啊……嗯？」

「嗯，那麼請慢用。」

梨潔兒轉身背對不知道該怎麼反應的客人，就這樣離去了。

雖然在接客態度方面還是有點小問題，不過跟一開始相比，已經有相當大幅的改善了。

（以學習社會化的角度而言，說不定還滿成功的呢……繼續保持這個表現下去，梨潔兒就能學習常識變得正常一點，我的荷包也能賺得飽飽的，可謂一石二鳥，咯咯咯……）

當葛倫露出得意的竊笑時——

「——呀啊!?」

餐廳裡響起魯米亞尖銳的慘叫聲。

「怎麼了？」

葛倫把視線投往慘叫聲的來源……

「喔喔喔，可愛的小姐啊，只不過是手稍微碰到了一下屁股而已，幹嘛那麼激動呢……咯呼呼呼……」

「請……請住手！我現在正在工作……」

「哎，好了啦好了啦！別管什麼工作了，快點過來這裡，接待一下大叔們嘛……？」

「我、我不要！」

仔細一瞧，有幾個看起來色瞇瞇又沒什麼水準的流氓占據了店內的一角，把手搭在魯米亞的肩膀上，試圖強迫她和他們坐在一起。

「夠了！你們快點放開魯米亞！」

西絲蒂娜氣勢洶洶地朝流氓們走去，但……

「哇喔哇喔，好有氣魄的小姐喔……瞧妳手臂那麼細，想怎麼樣啊？」

「嗚──」

被三名彪形大漢圍住，西絲蒂娜不禁畏縮了起來。

雖然他們絕不是魔術的對手，可是她沒辦法在眾目睽睽之下使用魔術。不能施展魔術的話，西絲蒂娜也只不過是平凡的少女。同時面對三個壯漢，她也束手無策。

「小姐妳也長得很漂亮嘛！一起過來這邊接客吧！」

「等──放、放開我啦!?」

目睹那一幕後，葛倫氣急敗壞地啐了一聲。

「呿，那群混蛋……都不知道這樣會給店家帶來困擾嗎……看來需要好好教育一番了……」

葛倫啪嘰啪嘰地扳動手指，起身往流氓走去──就在這時……

「「喔喔喔喔喔喔哇啊啊啊啊啊啊啊啊啊啊啊──!?」」

只見兩個流氓不可思議地飛到了空中──然後隨著碰地一聲巨響，重重地摔在隔壁的桌子上。

「離魯米亞和西絲蒂娜遠一點。」

是梨潔兒動的手。她抓住流氓的脖子，使出怪力把他們舉起來往半空中拋——不過就是這樣而已。

「我不會放過欺負她們的人。」

雖然如此嘟囔著的梨潔兒依舊面無表情……可是仔細觀察的話，可以看得出她的臉孔略顯緊繃，看來似乎相當生氣的樣子。

「什——」

流氓們本能地察覺這名個頭嬌小的少女並非泛泛之輩。不過他們好歹也靠著拳頭在街頭上橫行無阻，他們那不值一哂的自尊心不允許自己向這個矮小的少女示弱。

「妳、妳說什麼——!?」

「不想活了嗎，啊啊!?」

「看來不給妳一點教訓妳是不會懂的吧，該死的小鬼——！」

可悲的是，自尋死路的流氓們不自量力地將梨潔兒包圍了起來。

「不、不妙——！」

葛倫衝上前去。

當然，他擔心的人不是梨潔兒。對方不過是街頭流氓，哪怕一口氣來好幾個或好幾十個，他們也拿《戰車》梨潔兒無可奈何。

問題在於要怎麼解決這場風波。

要是最後讓餐廳蒙受鉅額損失的話，工資就——

「咿呀啊啊啊啊啊——!?」

葛倫才產生這樣的掛念，其中一個流氓就以猛烈的速度從葛倫身邊飛過，把店內的餐桌和客人撞得東倒西歪。

受到餘波衝擊，無數的料理飛到了空中。

店內旋即失去控制，一陣混亂。

流氓們和梨潔兒以悲鳴和慌亂的人群為背景，展開了大亂鬥。

由於剛才梨潔兒用大劍威脅客人引發騷動的時候，西絲蒂娜嚴厲地警告過她千萬不可再犯，所以這次她沒有想再鍊成大劍的打算……卻因為少了武器的關係，打鬥的時間被拉長了，店內損失正在持續擴大。

「別——別衝動啊你們!?有話大家先和和氣氣坐下來談——」

「少囉嗦，吵死人了白痴————！」

「咕哇啊啊啊啊啊啊——!?」

葛倫想要勸阻流氓，反而平白挨揍。

「夠了，梨潔兒！妳冷靜——喔喔喔喔喔哇啊啊啊啊!?」

梨潔兒抓著流氓的腳踝像陀螺一樣旋轉了起來，結果葛倫意外被撞飛。

「我、我說啊！鬥爭是無法創造出任何價值來的，你們不覺得嗎？也沒辦法創造出金錢來——!?」

「廢話少說！滾邊去，老兄！」

「咕嗄啊啊啊啊!?」

被流氓使出金臂勾和炸彈摔的葛倫。

「咳、咳咳……喂、喂，梨潔兒……使、使用暴力是不對的——」

「不要擋路。」

「啊啊啊啊啊啊啊啊啊——！」

葛倫被梨潔兒一把推開，像球一樣飛出去撞到牆壁。

「啊哈哈……各、各位？濫用暴力是不對的喔？濫用暴力——嗄咕喔喔喔喔喔!?」

「煩不煩啊!?閃啦啊啊啊啊啊啊啊!」

後來——

葛倫為了讓這場騷動能平息下來，鍥而不捨地努力再努力，卻被兩邊修理得不成人形……

於是——

……啪嘰。

「啊啊啊啊啊啊啊啊啊啊啊啊啊啊啊啊啊啊——!?我受夠你們了啊啊啊啊啊——!?老子只是稍微放低姿態，你們就騎到老子頭上來了是吧——!?」

怒氣終於大爆發的葛倫，歇斯底里地大聲喊叫——

「給我放馬過來啊啊啊!?為了守護我的薪水——我要把你們通通都宰了啊啊啊啊啊啊啊啊啊啊啊啊啊——!」

最後也握起拳頭加入了那場亂鬥。

……幾天後——

在老地方咖啡餐廳『Aventure』。

「噗……呃、呃……我要點……噗噗……呃……一杯……咖啡，就好……噗哈哈——!」

「嗯，我、我要點……！呵呵……巧克力蛋糕……呵呵……雖然早就聽說了……這實在太……噗……！」

「笑、笑出來太傷人了啦，溫蒂……噗……啊哈哈……」

卡修、溫蒂、琳恩等葛倫班上的學生以客人的身分上門光顧。

來到他們的桌位為他們點餐的女服務生是——

「你們是怎樣……！要點什麼東西快點說！」

——為了賠償損失金額，而來到這間餐廳工作的葛倫。

「沒……沒有啦，老師來這裡工作是無所謂啦……只是……為什麼要穿成那樣哈哈！哇哈哈哈哈——！」

「不行！我忍不住了！啊哈哈哈哈！啊哈哈哈哈！」

學生們捧著肚子笑翻了。

葛倫身上穿的，是這間餐廳引以為傲的可愛輕飄飄制服。甚至還用心地戴上了假髮。

「你們以為我願意嗎!?這間店只有這套看了就礙眼的制服可以選啊！啊啊啊啊可惡！為什麼事情會變成這樣啊啊啊啊啊啊啊——!?」

「啊哈哈！沒、沒關係啦，老師！制服幫忙掩飾了你的身材，再加上老師本來就長得挺帥的，所以只要不開口，看起來其實還挺像美女的呢！我相信你一定有市場的!?啊哈哈哈哈！」

「嘻嘻嘻嘻!?別說了，別再說了，我要笑死了——————！」

「你們真的很欠扁！快點把東西吃完滾回去——————！」

葛倫發自靈魂的悲痛叫喊響徹店內。

一旁的隔壁桌……

「嗯。好好吃。」

梨潔兒心滿意足地享用著草莓塔。

順帶一提，梨潔兒和葛倫不同，她的吸客效應所帶來的利潤，剛好可以折抵大亂鬥造成的金錢損失，所以最後獲得赦免。

「唉，真不知道該怎麼說……」

在像倉鼠一樣啃著草莓塔的梨潔兒身旁，西絲蒂娜深深地嘆了一口氣。

「看來要讓她學會一般的社會常識還早得很呢……」

「……算了，時間還多得是嘛。我覺得不用那麼急。慢慢來吧。好嗎？」

魯米亞面露溫和的笑容說道。

「……說得也是呢。」

聽了魯米亞的話後，西絲蒂娜也莞爾一笑。

她手托著臉頰，悠閒自在地看著隔壁桌的騷動。

過於執著任務的男人・阿爾貝特的圈套

Trap-Hole of Albert, who is too serious about his work

Memory records of bastard magic instructor

不正經的魔術講師與追想日誌

Memory records of bastard magic instructor

那件事發生在連草木都在沉睡的深夜時分。

今晚月亮躲了起來，路燈的火也早就被熄滅，只剩一片純然的黑暗支配著菲傑德的街頭。

在這樣的菲傑德中，某個寂寥冷清的暗巷裡。

一道猛烈的火柱突然竄出，紅色的烈焰在黑暗中焚燒。

「呀哈——！成功了！」

身穿黑色長袍——天之智慧研究會的禮服——的男性邪道魔術師高聲歡呼著。

「幹掉他了！我幹掉那個《星星》了——！」

男子所施放的獄炎魔術把阻擋在他面前的敵人——帝國軍魔導士變成了一團火球。

該魔導士的身影被封鎖在立於男子眼前的火柱之中，不停搖曳晃動。

他肯定逃不出來的。我贏了。

「呀哈哈哈！傳說中特務分室的王牌，也沒什麼了不起的嘛——！」

當那個魔導士突然大剌剌地出現在徹底隱形起來的自己面前時，他的心都涼了一半——等到順利收拾掉對手之後，他才發現其實對方根本沒他想像中那麼可怕。

「好耶！幹掉那個《星星》阿爾貝特，本大爺在組織內的評價肯定會一口氣飆高！如果能趁勝追擊，把那個魯米亞・汀謝爾也抓到手的話——」

男子的話還沒說完，就在此時——

砰！

不知從哪飛來的一道閃電剎那撕裂黑暗，不偏不倚地刺穿了該名男子的頭部——

男子就這樣失去了意識。

在距離男子陷入永眠的地點約三千梅特拉，高聳的時鐘塔頂端。

「……哼。」

帝國宮廷魔導士團，特務分室執行官代號17的《星星》阿爾貝特，緩緩地放下了指著下方那片漆黑色虛空的左手手指。

「連自己攻擊的對象只是透過光線操作所製造出來的幻影都沒發現……根本不配當我的對手。」

阿爾貝特以銳利的視線直視著遠方的黑暗深淵，自言自語地說道。

「我說得沒錯吧，老翁？」

語畢。

「……利用幻影把敵人引誘到狙擊地點再解決……嗎？你的技巧還是一樣出神入化哪！」

一個體格健壯的老人不知不覺地出現在阿爾貝特的身後。

這名和阿爾貝特一樣身穿宮廷魔導士禮服的老人，是《隱者》巴奈德……特務分室身經百戰的資深魔導士。

「不足掛齒的雕蟲小技罷了。畢竟我跟那麼多敵人交手過了。」

「喂，你有沒有搞錯啊……」

巴奈德瞇細眼發起牢騷。

「可以把距離三千梅特拉級的魔術狙擊說成是雕蟲小技的人，放眼全世界也只有你一個了吧……坦白說，連瑟莉卡也辦不到。」

「你有什麼事？老翁。」

阿爾貝特背對著巴奈德冷冷地問道。

「像老翁你這般的強者……不可能專程跑來見識狙擊吧？」

「你這人還是一樣做事一板一眼，缺乏幽默感哪……算了。」

巴奈德從懷裡掏出一封信，往阿爾貝特的背後拋去。

阿爾貝特不用眼睛確認路徑，直接用最精簡的動作接住那封信，撕開封蠟將信攤平，閱覽上面的文字。

「……！」

阿爾貝特那雙如老鷹般銳利的眼睛瞬間變得更尖銳了。

「下一個任務你清楚了嗎？那就交給你了，《星星》。」

「……慢著，《隱者》老翁。」

阿爾貝特的語氣突然變得令人不寒而慄。

「查清以下情報的真偽……『葛倫・雷達斯和天之智慧研究會勾結的可能性』……『目前正暗中企圖暗殺魯米亞・汀謝爾的可能性』……這種荒謬的情報是哪來的？」

「天曉得？應該跟平常一樣來自軍方的情報部，或者帝國保安局情報調查室吧？跟咱們兵隊無關。」

「嘖……那些睜眼說瞎話的傢伙。下地獄去吧。」

阿爾貝特忿忿不平地啐了一聲，延遲起動預唱咒文。

只見信紙瞬間焚燒成灰，從這世上完全消失了。

「哎，老夫明白你的意思。不過，對手可是天之智慧研究會。老夫也曾經因為不相信某某人會跟那個組織扯上關係而吃過好幾次虧呢……」

「…………」

「既然有這樣的情報浮上檯面，咱們就有必要仔細調查……老夫也希望這只是杞人憂天……那個葛老弟怎麼可能是……」

「我懂。」

雖然葛倫身為魔導士恐難成大器，可是指導他學會獨特戰鬥方式，進而發展出自己的獨門絕活的人，正是巴奈德。對巴奈德而言，葛倫是有如弟子般的存在。

「抱歉，只能麻煩阿爾老弟你去查個清楚了。老夫也明白這任務讓人感到相當不快……」

「莫可奈何。既然任務下來了，也只能完美無缺地去執行……不過如此罷了。」

阿爾貝特冷酷地表示。

「雖然調查期間不長，不過王女的遠距離周邊巡邏工作就暫時由老夫幫忙頂替吧……任務就麻煩你了。」

背對著巴奈德的阿爾貝特聞言，踩著屋簷一蹬，從時鐘塔的頂端跳了下來……

隔天。

在和煦的陽光普照大地，鳥兒唧唧喳喳地鳴叫著的清爽早晨。於前往阿爾扎諾帝國魔術學院的路上——

「啊，老師，早安。」

魯米亞開心地笑著揮手。

在那張笑容的對面，臉上露骨地寫著『我好睏，心情很不爽』幾個字的葛倫，正慢吞吞地走向早已在交叉路口等候的魯米亞等人。

「……早啊……你們真的來得很早啊……」

葛倫一邊打呵欠一邊碎碎唸。

「魯米亞和白貓也就算了，梨潔兒……沒想到妳也起得這麼早啊。」

「嗯。因為我想快點和西絲蒂娜還有魯米亞見面。」

「……是嗎？」

看到梨潔兒那跟平常一樣面無表情且態度冷漠的模樣，葛倫的表情稍微變得柔和了些。

「老師！你也遲到太久了吧！」

西絲蒂娜切進梨潔兒和葛倫之間，咄咄逼人地質問。

「時間本來還很充裕的，現在竟然搞到快要遲到了！老師你是大人了，應該要好好注意，多留點緩衝的時間！」

「啊～好吵、真的好吵……」

葛倫不耐煩地摀住了耳朵。

「怕遲到的話，妳們可以不要等我自己先走啊？反正有梨潔兒保護魯米亞就夠了吧？」

「或、或許是這樣吧……可、可是……魯米亞堅持一定要等你，不肯聽我說……」

西絲蒂娜視線飄忽不定，吞吞吐吐地辯解。

依舊一臉倦意的梨潔兒微微歪起頭。

「……？魯米亞才沒說過那種話。是西絲蒂娜說──唔咕。」

「哇啊啊啊啊!?梨潔兒ＳＴＯＰ──!?」

見梨潔兒將要說出什麼，西絲蒂娜急忙用雙手摀住她的嘴巴，自己吵吵嚷嚷起來。

魯米亞笑咪咪地看著親友們打鬧。

「唉，妳們大清早的就這麼有活力啊……好了，出發吧……呼啊……好想睡……乾脆請特休算了……」

「啊，對了，老師。」

魯米亞走在懶懶散散的葛倫身旁，突然想起了什麼。

「今天我準備了我們三個人的便當，可是份量太多了，如果老師方便的話，中午要不要跟我們一起吃午餐呢？」

「噢？可以嗎？」

「不過……我還在練習做菜，廚藝沒有西絲蒂那麼厲害就是了……如果老師不嫌棄的話啦……」

葛倫向畏畏縮縮、楚楚可憐地揚起視線詢問的魯米亞咧嘴一笑。

「謝啦，魯米亞。可以省一頓吃飯錢真的是賺到了。很樂意能和妳們一起用餐。我很期待午餐時間喔。」

聞言，魯米亞立刻綻放出花朵般的笑容。

「好的！」

……當葛倫等人七嘴八舌，氣氛歡樂地說笑著時，在不遠的地方——

（……目前看來沒什麼異狀。）

阿爾貝特出現在巷口附近，那裡剛好是葛倫他們看不見的死角。

（之前收到的那個果然是假情報……不，現在就做出結論還太早了吧……）

另一方面——

大馬路上來來往往的行人，對躲在巷子裡的阿爾貝特投以好奇的目光。

「討厭……是因為這城市最近景氣不好的關係嗎……？」

「我還以為菲傑德是看不到流浪漢的地方呢……」

「媽咪～那個人在做什麼～？」

「噓……手不可以亂指。」

而且每個人都悄悄地談論著。

這是因為──現在的阿爾貝特穿著破破爛爛又髒兮兮的襯衫、褲子以及夾克，披頭散髮且滿臉鬍渣，坐在鋪在地面的髒報紙上，散漫地靠著巷子的牆壁，模樣落魄不堪。

平常阿爾貝特那讓人看了就不寒而慄的氣魄和英姿早以不復存在。

現在的阿爾貝特怎麼看都完美地化成了一介流浪漢。

不可能會有人懷疑他是魔導士密探。

（……嗯。他們似乎準備前往學院了。）

雖然外表看起來既落魄又窮酸，可是阿爾貝特的眼神依然銳利得如同鎖定了獵物的老鷹一般。

（不能就這樣跟丟目標……我也得動身了。）

當阿爾貝特準備離開現場時──

「年輕人、年輕人……」

一個和善的老婆婆靠近阿爾貝特向他搭話。

「年輕人……不嫌棄的話，這個請你吃吧……」

老婆婆面露溫柔的笑容，把裝有麵包的籠子遞給了阿爾貝特。

「咦？……不，我不能……」

「啊哈哈，一不小心就稍微烤焦了呢……我剛好在分送麵包給左鄰右舍。吃吧，不用客氣。」

「……不，我不能收下。您的好意我心領了。」

阿爾貝特有禮貌地拒絕，正打算追上葛倫等人時——

「哇～～我欣賞你！這就是所謂的人窮志不窮嗎！」

這回換成一個看起來是勞力工作者的中年男子上前拍打阿爾貝特的肩膀。

「喂，老兄。我看你體格還挺不賴的，重點是眼神依然充滿了活力。讓你繼續這樣下去，未免也太可惜了……怎麼樣？要不要來我們工廠工作？」

「不……我不能連這種事都要藉外人的援助。總有一天我會自己解決的，請不用掛念我。」

阿爾貝特一邊回話一邊偷偷觀察葛倫等人。

葛倫等人漸行漸遠。再不行動隨時有可能會跟丟他們。

「…………」

阿爾貝特板起一如往常的撲克臉，默默地目送葛倫等人的背影。

另一方面，對阿爾貝特的態度感到欽佩，以為他是力圖上進年輕人的附近住戶紛紛聚集到阿爾貝特的身邊。

「加油！」

「年輕人，雖然最近經濟不景氣，可是你不能向大環境低頭喔！」

「來！這是這一帶的徵人廣告！拿去吧！」

「還是不行的話，你可以去中央區的勞務廳機關大樓探探門路！我相信小哥你一定可以找到工作的！」

於是——

「…………………………」

阿爾貝特默默不語。

自始至終都保持著沉默。

不久，等到為阿爾貝特打氣的住民們全部離開，人們的氣息完全消失之後……

啪！

阿爾貝特一口氣解除了變裝。

眾多變裝道具在半空中飛舞。

瞬間顯露在阿爾貝特身上的是魔導士禮服──對邪道魔術師而言等同於地獄使者的衣服。

「好，走吧。」

雖然葛倫他們的身影早就消失在視野範圍外，但這不成問題。因為阿爾貝特知道他們的目的地在哪。

（但是，我居然會在行動的一開始就受挫……原因到底是什麼？）

阿爾貝特依然帶著銳利得彷彿能刺傷人般的眼神，在經過一番沉思之後……

（唔姆……難道是我的演技還不夠精湛嗎？……失敗。）

他做出了這樣的結論。

接著阿爾貝特為了追上葛倫他們，加緊腳步前往學院。

噹、噹、噹、噹……

宣告上午課程結束的鐘聲響徹了學院。

「如上述所言，這邊咒文的結構就變成了這樣……嗯？剛好在進度告一段落的時候下課呢……」

站在黑板前講課的葛倫雖然一副意興闌珊的模樣，不過今天上課的內容依舊是無可挑剔。

「那今天就到這裡吧……明天繼續上後面的部分。」

教室裡的氣氛瞬間弛緩了下來。

現在是中午午休時間。

也是正值發育期食慾旺盛的男學生們殷殷盼望的時間。

部分男學生爭先恐後地往學生餐廳衝去。

「老師。」

葛倫在講台上收拾教科書和資料時，魯米亞等人走上前來。

「我們現在就到中庭去吧？」

「噢噢，好耶。我記得今天的便當是魯米亞準備的？」

「嗯。」

魯米亞盈盈一笑。

「雖然我想吃魯米亞的便當……可是我也想吃草莓塔。」

「好好好，等一下再去學生餐廳買草莓塔。」

「嗯。那就好。」

西絲蒂娜無奈地安撫一如往常對草莓塔念念不忘的梨潔兒。

「那大家立刻往中庭移……」

就在魯米亞催促大家行動的時候——

「你這傢伙是來搞笑的嗎!?」

「咿!?」

教室窗外突然傳來了怒吼和窩囊的悲鳴。

教室裡的學生全都愣住了，好奇地轉頭往窗戶一看……

只見玻璃窗外有兩個學校聘請的清潔人員站在吊籃上擦玻璃。

其中一個人看起來是這一行的老手，是一位年紀比較大，技巧純熟的男子。另一個則是帽子壓得低低的，臉上戴著眼鏡和口罩，看起來像是才剛上班的青年。兩人都身穿髒兮兮的工作服。

「瞧你腿軟成那樣成何體統!?你是小看擦玻璃這份工作嗎!?給我擦得更用心一點，新人！」

「非、非常抱歉！我會更用心的！」

青年惶恐地向火冒三丈的年長男子彎腰道歉。

「可、可是……其、其實我有懼高症……」

「你說啥!?才這麼點高度就嚇成這樣，怎麼在這個業界混下去啊!?快點給我習慣！把性命奉獻給玻璃窗大人！」

「是、是的——！我願意犧牲生命來換取您的乾淨！玻璃窗大人！」

青年一邊發抖一邊拚命擦窗。

「唉呀呀，不管哪個行業都一樣，真不是人幹的……果然一工作就輸了。」

看到青年那可憐兮兮的模樣，葛倫同情地嘆了口氣。

「那個……老師？」

「嗯？啊，對喔。現在我們要去中庭吃魯米亞親手製作的便當是吧？」

葛倫搔搔頭想了一下。

「啊，對了。我忽然想到還有一點事情。妳們可以先過去嗎？」

「咦？是嗎？不然我們也可以先去幫老師的忙……」

「沒關係啦，不是什麼麻煩的事。我馬上就過去中庭。」

聞言，西絲蒂娜不甚開心地抱怨。

「好啦……難得魯米亞幫大家準備了便當呢……老師你要快點過來喔？」

「好好好。」

於是……

葛倫目送魯米亞等人離開教室前往中庭。

（哼……這個時候分開行動嗎？）

啾啾作響地擦著玻璃窗，身穿工作服看似個性懦弱的青年——阿爾貝特用銳利的眼神，注視著位在玻璃另一側的葛倫的背影。

（話說回來，他也太沒有警戒心了。我距離他這麼近，他卻完全沒有發現……這麼散漫的模樣究竟保護得了誰？）

話雖如此，現在的阿爾貝特的變裝和演技都是完美無缺的。論角色的詮釋程度，跟當初在遠征修學時，刻意要讓人發現自己的身分所做的變裝，以及剛才掩飾性地喬扮的流浪漢完全不一樣。

現在的阿爾貝特徹底被受資本家壓榨的基層勞動者靈魂附身了。所以，現在的他無論身心，都完完全全是個懦弱又笨手笨腳的年輕清潔人員。

因此葛倫沒能識破他的身分也是情有可原。

（言歸正傳，葛倫……他和王女等人分開行動的目的到底是什麼？）

只見完全沒發現到阿爾貝特的葛倫在教室裡面走動……

接著他走到圍坐在教室其中一張桌子，一邊啃著麵包一邊閒聊著的學生……高大且看起來有點淘氣的少年卡修，和矮個子長相陰柔的少年瑟西魯身旁。

「啊，老師……難道？」

發現葛倫靠近的瑟西魯察覺到了什麼，壓低了聲調。

「啊啊，沒錯。就是那個。」

葛倫同樣壓低聲調。

「ＯＫ，那我們來互相報告一下近況吧，老師……」

卡修也賊賊地笑了。

三人交頭接耳地討論起來。

（哼，自以為聰明……）

窗外的阿爾貝特一邊用放在腳下的水桶擰乾抹布，一邊喃喃地唱了簡短的咒文，不動聲色地發動集音的魔術。

『吶，卡修……魯米亞的狀況如何？有什麼變化嗎？』

『沒有啊，老師。魯米亞她大概完全沒有發現。』

『很好。繼續保持下去，千萬別被識破囉？』

傳入阿爾貝特耳裡的對話，內容聽起來帶有幾分陰謀的味道。

『那麼，老師……要動手嗎？』

『啊啊，那個計畫就按照原先預定實行……千萬別大意了。』

『包在我們身上吧，老師。不過……事情順利成這樣，反而覺得不夠刺激哪。』

『魯米亞應該做夢也想不到……我們居然會抱著這種企圖吧……』

卡修和瑟西魯的臉上浮現出奸詐的笑容。

『咯咯咯，不知道那傢伙（魯米亞）到時會露出什麼樣的表情來呢……』

不久，三人頻繁地交換想法之後，葛倫離開卡修和瑟西魯，出了教室。

（這是……什麼情況？）

隔著玻璃窗注視葛倫背影的阿爾貝特停止了擰抹布的動作，暗暗思忖。

（他們很明顯瞞著王女在推行計畫……問題在於，那計畫是什麼？）

天之智慧研究會。

對魯米亞圖謀不軌的邪道組織。

該組織的勢力滲透到了全國各地，旁人愈是覺得「怎麼可能會是這個人？」、「不可能」的人，愈有可能是他們的爪牙——

（……不會吧。）

如同要扼殺在內心萌芽的疑慮般，阿爾貝特用力地擰乾抹布……

「喂，你的動作怎麼停下來了!?要讓下一位玻璃窗大人等多久!?」

「是、是的——!?抱歉讓您久等了！玻璃窗大人——!?」

然後手忙腳亂地重新開始擦起玻璃窗。

……過了一會兒後——

「嗚、嗚嗚……對不起……老師……西絲蒂……梨潔兒……」

葛倫一行人陪著淚眼汪汪、異常沮喪的魯米亞，從中庭往學生餐廳移動。

「唔……算、算了啦……不要在意……那、那種情況也是在所難免的啦……而且妳還在學怎麼做菜不是嗎？」

葛倫也不知道該說什麼才好，只能含糊地安慰著魯米亞。

「沒……沒想到居然會把鹽和砂糖搞錯……就連我也想像不到……魯米亞會犯下這麼典型的基本失誤……」

西絲蒂娜嘆了口氣。

「嗯。魯米亞做的超級甜肉派和超級鹹布丁……一點都不好吃。」

「妳發言可以再含蓄一點！」

「好痛。」

梨潔兒的頭被葛倫用力勒緊，一旁的魯米亞心情更沮喪了。

「嗚……真的很抱歉。」

「我、我一點都不介意啦!?那個……像那種新奇的味道吃起來感覺還挺新鮮的！讓我開啟了新的眼界呢！」

魯米亞有氣無力地搖頭，微微地笑了。

「謝謝老師的安慰……可是，還是算了。不能為了維護我的自尊心，而強迫老師你們吃下奇怪的食物……」

「好、好吧……既然妳都這麼說了。」

「今天大家去學生餐廳吃飯吧？下次我會準備真正好吃的便當來雪恥的。」

「啊啊，期待那天的到來。」

於是，葛倫一行人來到了學院的學生餐廳。

那裡如往常一般被來吃午餐的學生們擠得水洩不通。

不過葛倫他們今天運氣似乎不錯。

儘管來得晚了些，可是他們依然順利地在餐廳裡搶到了座位。

「好，來想想今天要吃什麼吧。」

「……我要吃草莓塔。」

「梨潔兒，妳還吃不膩啊？這麼偏食會營養不良啦……對了，欸，要不要偶爾一起吃個沙拉試試看？」

「我討厭吃葉子……」

當葛倫等人你一言我一語地交換意見的時候……

「「「「喔喔喔喔喔喔喔喔喔喔喔喔喔喔喔喔喔喔喔喔──!?」」」」

餐廳內部的廚房突然傳來了狂熱的歡呼聲。

「怎、怎麼了!?」

葛倫目瞪口呆地往聲音的來源望去，只見許多學生把身體探到櫃台上往廚房裡面看，大家全都擠成了一團。

「讓各位久等了！『拉德爾夫產的鵝肝醬、低溫烹煮牛腿肉佐松露、法式小牛佐基亞豆』十人份……終於大功告成！拿去吃吧！」

雖然人群阻礙了視線……不過還是可以看到一個身穿白色廚房制服的廚師以帥氣的動作，把一道道的華麗料理擺上了櫃台。

「真、真的假的啊……居然可以在學生餐廳吃到這種高級料理!?」

「我們的學生餐廳來了個超厲害的廚師耶！」

學生們個個興奮不已地注視著餐盤上的料理。

雖然被擠在櫃台前面關注著廚房的眾多學生投以熱烈的視線，該名廚師還是酷酷地繼續做菜。

「哼！」

廚師華麗地揮舞著手中的菜刀。

一晃眼他已揮下了無數次的刀。速度快到根本看不清楚動作。

銀色的閃光在虛空中華麗地飛舞閃耀……肉、馬鈴薯、胡蘿蔔、洋蔥，所有食材都被精準無比地切斷。

咻咻咻咻咻——……

而且他所製造出來的劍壓在廚房和學生之間飛快地奔竄——

「嗚哇!?」

「好冷！這陣風真的超冷的!?簡直就像凜冬的霜風一樣!?」

這時——

「那、那是!?傳說中的料理絕技『永久凍劍舞閃』!?這裡居然有會使用這招的人——」

「你、你知道嗎，凱!?」

「嗯！透過快速又精確無比的揮刀技巧，讓附著在菜刀上的食材水分蒸發，進而利用汽化熱讓刀身的溫度冷得像冰一樣，據說如此一來，可以保持食材的新鮮度，並且把原本的鮮味提升到極限，在帝國黑暗料理界中，乃是被視為夢幻奧義的傳說之技——」

在湊熱鬧的人群中，葛倫班上的學生——微胖少年凱為高個子少年羅德進行解說。

「哼！食材啊，飛舞吧！」

那名廚師翻動砧板，把砧板上的食材灑向天空——

噗哇！

「啊啊!?怎麼可以對神聖的食材做出如此褻瀆的行為——!?」

「不，慢著！不對！那、那個難道是——!?」

在空中飛舞的食材就像魔法一般，被吸進了廚師舉到頭上的平底鍋裡面——

滋啪啪啪啪啪——！

加熱過的平底鍋發出油花迸裂的聲響的同時，一股誘人的香氣隨即撲鼻而來。

「喝——！甦醒過來吧！美味與生命的呼吸啊！」

廚師每甩一次平底鍋，所有食材都會壯觀地在空中飛舞——可是，似乎有一條線把那些食材和平底鍋連在一起，每樣東西最後都會安安穩穩地回到鍋內，絕不會掉在地上。

「那、那——難道是料理絕技『死亡與重生的舞蹈』嗎!?」

「什、什麼!?你知道嗎，凱!?」

「嗯！不管怎麼用言語包裝，所謂的食材終究只是『死』去的生命。不過，透過掌管生命的火焰之舞蹈，讓食材和空氣中的氧氣與瑪那產生反應，超活性化——進而讓一度燃燒殆盡的食材重新復活，脫胎換骨成為嶄新的『生』——這是讚美受到法則之環與輪迴轉生禁錮的『生命』，並且將其體現的夢幻奧義——沒想到真的有人會使用……那個廚師究竟是何方神聖……!?」

只見廚師拿起放在一旁的白蘭地，由下方舉到頭上甩動著，呈現出半月形的弧線。

白蘭地的水滴閃耀著光芒，優雅地在空中描繪出美麗的眉月形狀，灑進了平底鍋——

剎那——

轟轟轟轟轟轟轟轟轟轟轟轟——！

紅蓮的火焰從平底鍋竄起，燒黑了廚房的天花板——

「那、那個是——究極料理奧義『真紅的火焰嵐霧』——!?」

「你、你說什麼——!?你知道這個嗎，凱!?是說，你也是何方神聖啊!?」

廚師接二連三使出超凡的技巧，看熱鬧的人潮情緒沸騰不已。

在靠近廚房的桌位，有幸品嚐到那名廚師所製作料理的學生們全都吃得津津有味。

「好、好好吃……真的太好吃了！」

「啊啊……眼淚停不下來……！跟這些料理相比，我以前吃過的東西根本就是給豬吃的餿水……！」

「味道濃郁卻不帶腥味，口感清爽卻又不失滑順……以絕妙的平衡度，將料理基本的質感提升到神領域的高次元，與此同時，咬起來清脆爽快的口感在舌尖上跳起了華爾滋，凝聚了濃

郁鮮味的肉汁在口中擴散開來，所有的味道展開了完美無瑕的合奏──」

「已經搞不清楚在做什麼了……總之超厲害的……！」

不管是學生還是廚房裡的其他廚師，大家都緊張地注視著謎之廚師即將製作的下一道料理。

「那個廚師就是指揮者！在名為廚房的演奏會場操控食材與味道的管弦樂團指揮者！」

「下、下一道菜他要做什麼……!?」

「他會端出什麼樣的料理來呢……!?」

廚師以熟練且精簡的動作，誇張地、華麗地不停揮舞著菜刀和平底鍋，他的一舉一動深深地震撼了在場所有人的靈魂。令眾人的情緒無限沸騰──

──另一方面。

葛倫等人則是呆愣地眺望著那幅畫面。廚房的附近和這一桌相比有著驚人的溫度差。

「好、好像有新的廚師來了耶……？」

「對、對呀，好誇張的人氣和熱度喔……只是旁觀而已就讓人覺得熱血沸騰。」

看到自己這桌跟廚房附近在各種意義上的差距，葛倫和西絲蒂娜的氣勢也跟著癟了。

「唉……真羨慕。如果我的廚藝也有那麼高強就好了……」

「魯米亞……我勸妳最好還是不要模仿那個傢伙……」

看到魯米亞一副羨慕不已的模樣，西絲蒂娜感到無奈，伸手去拿放在桌上的水壺想要幫杯子倒水。

「哎呀？水喝光了。」

「啊，那我去倒水好了。」

「妳要去倒嗎？不好意思呢……謝謝。」

魯米亞主動起身離座，抱著水壺離開了葛倫等人。

（……現在王女和葛倫他們分開了……）

站在廚房甩動著滾燙鐵鍋的廚師——阿爾貝特銳利的眼神穿越櫃台，在廚房裡面邊做菜邊觀察葛倫等人的情況。

（話說回來……以前我曾經以受聘廚師的身分，埋伏在從事違法魔藥買賣的富商之家，那時候學習到的技能似乎派上用場了。多虧那個經驗，我才能像這樣低調地潛伏著……）

「那個人真的超厲害的耶！雖然感覺也超級突兀的就是了！」

「就是說啊，真的很難不注意他呢！有夠吸引人的！」

「完全是偶像級的廚師！」

聽了旁人的議論之後，阿爾貝特的眼神依舊銳利，額頭卻不禁冒出汗水……

（……不會有問題的。）

他做出了這樣的結論。

（而且，我扮演廚師的演技應該是完美的。畢竟我以前看過一本專門書，上面有寫所謂的廚師就是像這樣——）

「話說回來……那廚師跟那傢伙好像……」

「那傢伙是？」

「有一部大眾小說是在描述一個擁有出神入化廚藝的料理人，向黑暗料理界發動了料理之戰的故事，我說的那傢伙指的就是主角……就是那個很有名的……」

「……啊啊！萊茲・尼西的嘔心瀝血之作『眾神的菜刀』嗎！這麼說來，那廚師真的跟主角一模一樣耶！例如那個激昂又誇張的肢體動作和料理手法！」

周圍的人開始議論紛紛。

（…………………）

阿爾貝特不知何故，瞬間停止了動作……

（……無論如何，任務為重。乖乖被我監視吧，葛倫。）

噠噠噠噠噠噠噠噠噠——！

接下來，他用快到讓手臂留下殘影的速度把洋蔥切丁，同時暗中發動集音的魔術。

於是葛倫等人的對話開始傳進阿爾貝特的耳中。

『對了，梨潔兒……關於魯米亞的那件事……妳有準備刀子嗎？』

『嗯。有。可是……魯米亞的……要用那個實行嗎？』

『嗯，對。就用那個。』

『讓我來的話，可以讓事情更簡單。我可以鍊成大劍，然後一口氣——』

『不需要啦。不是那麼嚴重的事情。只要抓到重點的話，一把刀子就足以搞定了。而且用大劍的話收拾起來會很麻煩……我不想把現場弄得太髒亂……』

阿爾貝特聽見的，依然是有些聳動的對話內容。

（怎麼回事？那兩個人果然想謀害王女的性命嗎？怎麼可能……）

疑惑愈來愈深了。

葛倫和天之智慧研究會串通的可能性。企圖暗中行刺魯米亞的可能性。

謊言。阿爾貝特希望這一切都只是謊言，但是……

『哈哈哈，但是，白貓……妳真的沒關係嗎？要回頭的話現在還來得及喔？』

『……哼。這是我的報復。不如說，我已經迫不及待想要看到她會露出什麼樣的表情了……』

『咯咯，居然欺騙親友，妳也是個壞人哪……』

（報復……復仇嗎？）

聽了西絲蒂娜的話，仔細攪拌著鍋中濃湯的阿爾貝特也不禁流下了冷汗。

（如果是梨潔兒還可以理解……雖然不想承認……不過那個可能性確實存在……問題是，連席貝爾也……？如果這些都是事實的話……可惡……該死的天之智慧研究會……）

喀嘰。

阿爾貝特用力握緊了拳頭……

「阿爾特先生！麻煩你來看肉煎熟的程度！」

「阿爾特先生！這種調味可以嗎？香辛料的量應該恰到好處才是──」

一聽到四周的廚師向他徵詢意見，阿爾貝特突然用誇張的肢體動作轉過身子。

「呼！通通包在我身上！交給我這味覺的帝王、食物的指揮者，阿爾特・弗雷譚──！」

阿爾貝特解除集音的魔術，颯爽地前去為向他尋求援助的廚師們解決困難了。

於是，午休時間過去。

某一堂課結束後，魯米亞和西絲蒂娜以及梨潔兒前往了下一堂課的教室，然後——

「……所以呢？關於魯米亞的事情……你們那邊準備得如何？」

「啊啊，我們這邊已經準備齊全了。」

「需要的東西大部分都收集到了嗎？」

「就等行動開始囉。」

葛倫和班上的學生湊在一起，鬼鬼祟祟地不知道在討論些什麼。

（……那個謎樣的計畫似乎進行得比想像中還順利……）

暗中進行觀察的阿爾貝特在心中默默地啐了一聲。

（而據我的觀察，幾乎全班的學生都參與了那個計畫……天之智慧研究會……這個國家到底被他們滲透到什麼地步了……？）

「對了，溫蒂同學……完事後的**善後**準備已經搞定了嗎？」

「那當然。這方面的事情就放心交給那布勒斯家族的人吧。」

溫蒂面露自信的笑容，回應了葛倫的問題。

「善後的問題就交給我，老師你們就專心做好事前準備。千萬不要有任何疏失……」

「嗯，要是被發現就功虧一簣了。」

（連事後要怎麼處理屍體也考慮到了嗎……）

阿爾貝特用銳利的視線直直射向溫蒂，暗暗思忖。

（可是……坦白說這是本次任務最大的失算……萬萬沒想到連那布勒斯公爵家也加入行動了……）

衝擊的事實讓阿爾貝特忍不住用掌心摀著臉呻吟。

溫蒂・那布勒斯。

根據事前調查，她來自帝國傳統大貴族之一，除了領地的經營之外，也跨足了金融業的那布勒斯公爵家的嫡女——是個不折不扣的千金大小姐。

（竟然連掌控帝國經濟命脈的公爵家，都有天之智慧研究會的影子……唔！天之智慧研究會……真的是太讓人難以捉摸了……）

發現自己面對的敵人居然有著如此深不可測的底細，縱使是阿爾貝特，心中也油然產生一股無力感。

「……話先說在前頭……你們可別把事情搞砸了喔？不要掉以輕心喔？除非你們想被白貓

幹掉。」

「……我們知道啦，老師。都走到這一步了還失敗的話，就真的太慘了。」

學生們老老實實地回答。

（而且西絲蒂娜・席貝爾竟然是主謀……以前她在我面前表現出來那副精神脆弱的大小姐模樣，只是在演戲嗎？）

回想起先前在學院發生的恐怖攻擊事件和遠征修學的狀況，實在是難以相信……不過阿爾貝特很冷靜地排除了這種天真的念頭。

（不，如果是那個組織的話，沒有什麼是不可能的……組織成員為了隱藏真實身分，封印自己的記憶或是建立擬似人格魔術等，類似的例子不勝枚舉……為了達成目的，連同個組織的人們他們都不惜利用，過河拆橋，甚至殺害……以樂觀的想法去下判斷會太過草率……）

喀嘰。

阿爾貝特用力握緊拳頭。

（不過，萬一猜測屬實的話，席貝爾有可能是具有肅清組織成員權限的位階……至少是第二團《地位》以上的人……這個狡猾的女狐狸。）

順帶一提——

現在懷著怒意的阿爾貝特所藏身的地點……是擺放在教室一角的掃地用具收納櫃裡。

他從用具收納櫃的縫隙偷窺著葛倫等人。

在葛倫上課前，他就躲進這個狹小的櫃子裡，整堂課都在進行監視，看來這份辛苦是有回報了。

兩腳插在水桶裡面，頭上蓋著抹布，看起來就像雷鬼頭一樣，可是他不在乎。

一切都以任務為優先。他也因此拿到了重要的情報。

（沒問題。）

當阿爾貝特如此告訴自己的時候。

「嗯？地板好髒啊……嗯，畢竟剛才在上法陣的課啊。等一下要使用這間教室的人是哈……什麼的前輩，如果就這樣放著，他肯定又會哇哇大叫……」

葛倫突然搔搔頭起身離座……

「喂，可以麻煩你們去那個收納櫃幫忙拿掃地用具出來嗎？」

葛倫伸出拇指比著阿爾貝特藏身的櫃子。

「麻煩歸麻煩，我們來清掃吧。」

「好喔～」

「好稀奇啊？老師竟然會說出這種話。」

「少囉嗦，偶爾也會有這種時候啊。好比說現在。」

看到葛倫他們的互動，阿爾貝特咬了咬牙。

（呿……他們察覺到不對勁了嗎？所謂的清掃，其實是暗號？）

無論如何，櫃子的門打開的話他就會被發現了。

（我不能在這裡曝露行蹤……沒辦法了。）

阿爾貝特喃喃地唸出了黑魔【迅雷點火】的咒文……

（……《爆》。）

轟！

瞬間，收納櫃在眾人面前爆炸，爆風和火焰以及濃煙遮蔽了視野。

「喔喔哇啊啊啊啊啊──!?」

「呀啊啊啊啊啊──!?」

「為什麼!?為什麼會在這個時候爆炸!?」

逃出了吵得天翻地覆的教室後，阿爾貝特一聲不響地從後庭離去。

脫逃的手段令人嘆為觀止。

（看來我的存在並沒有被發現……是我自己想太多了嗎？不，也有可能是他們假裝沒察覺我……想要繼續靜觀其變而已……也罷。）

阿爾貝特拍掉蓋在頭上和肩膀上的抹布，踢掉卡在腳上的水桶，一邊往下一個潛伏的地點前進，一邊冷靜地在腦海中擬定計畫。

（……沒有問題。）

與此同時……

「葛倫・雷達斯，你這傢伙!?這是怎麼一回事!?什麼，收納櫃居然……你沒事為什麼要破壞學校的公物——!?」

「咦!?※哈皮前輩!?不、不是你想的那樣!?這不關我的事啦!?」（編註：日文中音同「happy」。）

「少囉嗦！閉嘴！我要向上頭報告你的蠻劣行徑！」

「等一下——拜託饒了我吧!?這樣會害我又被扣薪水啊啊啊啊啊啊啊啊啊啊啊啊啊啊啊啊啊啊啊啊——!?」

在阿爾貝特離開後，教室傳來了葛倫的慘叫。

（……完全，沒有問題。）

阿爾貝特不改撲克臉的表情，在內心底鄭重地向自己強調後，冷酷地離開了現場。

葛倫・雷達斯企圖暗殺魯米亞王女。

現在的情勢已經發展到無法一笑置之的地步。懷疑也逐漸變成了確定。

太荒唐了。唯有那個男人是絕對不可能這麼做的。可是如果是天之智慧研究會的話——抑或是……

即使如此，阿爾貝特還是冷靜地持續潛入調查，想要證實那個疑惑只是杞人憂天。他搶先移動到葛倫的下一個去處，不斷監視葛倫的動向。

可是葛倫的嫌疑不但沒有洗清，還變得愈來愈可疑。

於是——就在葛倫未能洗清嫌疑的情況下，學院放學了。

（現在事態愈來愈緊急了……）

阿爾貝特站在放學後人去樓空的校舍屋頂，望著逐漸下沉的落日思忖。

葛倫和天之智慧研究會串通的可能性。

企圖暗殺魯米亞・汀謝爾的情報。

當初聽到這個消息，阿爾貝特還覺得這是有眼無珠的傢伙所做的臆測而嗤之以鼻，但……

（看來有眼無珠的人……似乎是我。）

只能承認了。

從今天得到的情報來判斷……葛倫・雷達斯是敵人。

那些和葛倫為伍的學生，幾乎都跟天之智慧研究會有關連。

儘管難以置信，也不願去承認……天之智慧研究會的手段確實比我方略勝一籌。

（天之智慧研究會……罔顧人命的邪道組織……我早就下定決心要把他們趕出這個國家……哪怕得付出多大的犧牲……也不管他們是誰……沒錯，不管是誰。）

冷淡地、冷酷地、冷靜地。

雖然阿爾貝特默默地告訴自己，可是他的心裡仍懷著幾分苦惱與苦澀，當他開始思考接下來該採取什麼行動的時候——

砰！

某個地方傳來了火藥炸裂的聲響。

「——難道是槍聲!?」

一股不祥的預感猛然從阿爾貝特的背部直竄腦門。

一般的魔術師都很討厭手槍這種鄙俗且毫不浪漫、毫不神秘的小道具。這間學校擅長用槍的人，除了葛倫不做第二人想。

而且，在這個時候——

「嘖——」

阿爾貝特咂了下嘴，以全力發動不限定區域的大範圍集音魔術。

學院內形形色色的各種聲音頓時全都聚集到阿爾貝特的耳裡，像是要把他的耳膜給震破一樣。

但阿爾貝特承受著巨大的音量，成功地分辨出了那道聲音——

『怎、怎麼會……這是什麼情況……!?大家聯合起來騙我嗎!?』

是魯米亞因驚愕而顫抖，狼狽不堪的聲音。

『哈哈，不要怪我們。做好覺悟吧……』

以及和魯米亞相距不遠，葛倫那冷酷的聲音——

「——糟了！」

阿爾貝特拔腿衝刺。

（雖然已經知道他們的計畫有很大的進展……卻沒料到他們會在今天就展開行動——我太

（大意了——！）

他一口氣橫跨過屋頂，踩著屋頂上的圍欄，繼續往前跳。

騰空躍起的他，從校舍屋頂落下——

透過同時起動的黑魔【魔力之繩】所製造出來的魔力繩子，阿爾貝特的手和屋頂連繫在一起——

他的身體迎著風畫出一道弧線往下墜落。

（從聲音的來源判斷，對王女發動攻擊的地點——就在他們的教室！）

阿爾貝特如鐘擺一般落下，葛倫班上面向中庭的窗戶離他愈來愈近、愈來愈近——直逼眼前——

（妳要平安無事啊，王女——！）

於是——

喀鏘鏘鏘鏘鏘！

阿爾貝特踹破窗戶闖進了教室。

「「「「——!?」」」」

包圍住魯米亞的學生們被突然闖入的局外人吸引了目光。

阿爾貝特以減輕衝擊的姿勢落地後華麗地在地面翻滾，隨著慣性從地上一躍而起，扭轉身體，瞬間調整重心，伸出左手手指瞄準學生——

「所有人都不許動！」

阿爾貝特厲聲大喝後，映入他眼簾的是——

『十六歲生日快樂，魯米亞！』

——一條寫著這幾個大字的垂掛布條。

「…………？」

阿爾貝特用手指對準學生，不敢大意，冷靜地環視四周。

教室中央有一張大桌子，上頭擺了一塊蛋糕，四周還有點心和果汁。

圍在桌子四周的葛倫和魯米亞及其他學生，看到華麗登場的阿爾貝特，全都訝異地眨著眼。

「……阿、阿爾貝特？你……在這種地方做什麼？」

手上拿著拉砲的葛倫回過神，向前同袍問道。

「……這是什麼情況？」

阿爾貝特動也不動，淡淡地反問。

「問我什麼情況……這是為魯米亞慶生的驚喜派對啊……那個……是白貓企劃的……」

「…………………」

阿爾貝特還是一動也不動。

梨潔兒對這樣的阿爾貝特視若無睹。

「欸，西絲蒂娜……我可以切蛋糕了嗎？我很擅長使用刀劍。所以我現在非切不可。」

「再、再等一下下啦……」

只見梨潔兒嗡嗡作響地舞弄著一把小小的蛋糕刀。

「……西絲蒂娜・席貝爾。妳所謂的報復指的是？」

「咦!?」

突然被阿爾貝特狠瞪，西絲蒂娜嚇得跳了起來。

「我、我不太清楚你在說什麼……如果是指這個派對，某種意義上確實算是報復沒錯啦！

去年魯米亞也對我用過這一招……所以今年換我反擊……」

「…………………」

阿爾貝特僵住了。

「……溫蒂・那布勒斯。善後指的是什麼？」

「咿!?」

突然被阿爾貝特銳利地瞪著，溫蒂也嚇得跳了起來。

「善後……你是說這場派對的善後處理嗎!?如、如果是的話，我們那布勒斯家的傭人會來幫忙！所、所以原諒我吧！」

「…………………………」

阿爾貝特變得更僵硬了。

「「「「…………………………」」」」

教室內暫時被一種奇妙的沉默籠罩著。

……然後——

「呼。」

阿爾貝特突然放鬆攻擊架式，冷酷地轉過身子。

「……抱歉，打擾你們了。」

阿爾貝特在全班同學的注視下，一聲不響地沿著教室邊緣行走……

喀嚓……碰。

然後一言不發地從後面的門離開了。

「「「「「？？？」」」」」

搞不清楚狀況的眾人一臉茫然。

「那個人是老師以前的朋友阿爾貝特先生……對吧？」

「啊，嗯，是啊……」

「那個人到底是來幹什麼的……？」

「不，我也完全搞不懂……」

葛倫語帶嘆息地回答一頭霧水的學生們。

「話說回來，那傢伙從以前就是這樣，有時會很罕見地突然做出讓人摸不著頭緒的事情來……雖然平常是個一板一眼，非常可靠的傢伙就是了。」

「呃……是這樣嗎……」

這時——

噠噠噠噠噠——！由遠而近地，教室外頭傳來了一串急促的腳步聲。

「葛倫・雷達斯你這傢伙!?剛剛那個巨大聲響是怎麼來的——!?」

哈雷「碰！」地猛然打開門，出現在門外。

「欸!?※露皮前輩!?」（編註：日文中音同「loopy」，指瘋瘋癲癲的、愚蠢笨拙的。）

「你這傢伙，現在是連『哈』字都故意不加了嗎!?不管了，你說那是什麼!?」

哈雷火冒三丈地指著阿爾貝特破壞的窗戶怒吼。

「居然把窗戶弄壞——你這傢伙把神聖的校舍當什麼了!?」

「咦咦咦咦咦——!?那不是我弄壞的啦!?」

「不要狡辯！不管是你弄壞的，還是你的學生弄壞的，都無所謂！一切的責任都在你這現場負責人的身上！我會把你闖的禍呈報上去的！」

「呀啊啊啊啊啊啊啊——!?拜託不要——!?我的錢包又要失血了————!?高抬貴手啊，※哈給前輩！」（譯註：音同日文的「禿頭」。）

「你、你這傢伙——!?」

兩人對著彼此大喊大叫。

對於這樣的他們……

「不管他們了，我們就開始吧？」

「喔、喔……」

西絲蒂娜選擇無視，兀自催促其他人開始進行派對。

當晚。

在菲傑德某處極為隱密的暗巷裡。

「……嗯？葛老弟的背叛是假的？啊～不意外啦。」

阿爾貝特詳細交代事情的來龍去脈後，《隱者》巴奈德乾脆地說道。

「那個天真又滿腦子正義的小子才不是會做出那種事情的蠢蛋哪。」

「可是，根據任務書的說詞……」

「啥？啊啊，那是偽造的啦。老夫自己亂編出來的假任務書。」

「…………」

「呼呼呼～很像對吧？那個軍方和女王陛下的冒牌貼金印章，可以說是老夫傾盡靈魂之作

——」

剎那間。

兩道雷光擦過巴奈德的兩隻耳朵旁，在他身後的牆壁留下了孔洞。

阿爾貝特以雙重詠唱釋放了預唱的黑魔【穿孔閃電】。

「老翁，把事情說明清楚……為什麼要這樣戲弄我？如果你不能給我滿意的答案，就別怪我不客氣……」

彷彿可以從他的身後聽見轟轟作響的效果音，阿爾貝特猛烈地散發出強大的威壓感，伸出左手手指對準巴奈德的眉心。

不知道是不是錯覺，向來冷靜的阿爾貝特，太陽穴上似乎罕見地浮現出了青筋。

「咿咿咿咿咿!?慢著，先別衝動，阿爾老弟!?老夫這麼做當然是有理由的！因為你最近神經好像太緊繃了！」

巴奈德一邊揮舞著雙手一邊慌忙辯解。

「你為了護衛王女，時時都處在緊張兮兮的狀態……在那個學院接觸到和平常不一樣的氣氛應該能讓你喘口氣吧？」

「……我不需要你多事。做好心理準備了嗎……？老翁。」

阿爾貝特毫不領情地說道。

「唉～～你就是這麼冥頑不靈……看來你還嫩得很哪……」

然而，巴奈德誇張地聳肩嘆氣。

「……？什麼意思？」

「認真是件好事。可是事情是有輕重緩急之分的。」

巴奈德露出得意的竊笑。

「能被稱為英雄的真正武者，哪怕平時氣質溫文儒雅就像春風一樣，一旦感受到了戰意，就能瞬間變為鬼神……而你總是讓氣息緊繃得像冰霜一般，完全沒有任何破綻和餘裕，讓旁人對你避之唯恐不及，這表示你還嫩得很呢……老夫想說的就是這個意思。」

「…………」

「照你的狀況，像前些日子那種雜魚對手也就罷了，如果碰上真正的強敵，你會疲憊得無法發揮實力的……不是嗎？」

「可是……」

「你就是因為太過一板一眼，才會把老夫以前開玩笑丟給你的料理小說當真，也沒能識破這次的事件不過只是一場生日派對啊。」

被一針見血地說中痛處，阿爾貝特苦澀著臉沉默不語，放下了手指。

「原來如此……你說得不無道理。感謝你的忠告，老翁……」

「沒錯，這一切都是為了你好！絕對不是老夫為了看好戲才這麼做的！」

「哇！」地。

巴奈德握緊拳頭，睜大了雙眼，露出羅剎一般的模樣如此叫著——

剎那間，又有兩道雷光擦過巴奈德的兩隻耳朵。

「……老　翁？」

「咿咿咿咿咿咿咿咿咿咿——!? STOP！對不起，我開玩笑的！開玩笑的——————！」

巴奈德面無血色地往後倒退，整張背都貼到了牆上。

「不、不提那個了，阿爾老弟！要不要去喝一杯？這些天你日以繼夜地做警備任務應該也累了吧？老夫請客！」

「…………」

「護衛的事情就放心吧！老夫跟你一樣也在這個城市設下了結界。沒有人能逃得過我們的視線！」

無聊，現在還有任務在身。

如果是之前的阿爾貝特，肯定會冷冷地一口回絕，但……

阿爾貝特默默地考慮了一會兒……

「……好吧。我就陪你喝一杯。」

最後他從口中擠出了這句話來。

「噢？看來你也瞭解什麼是輕重緩急了嘛？」

「……………哼。」

不以為然地發出了一聲悶哼後。

阿爾貝特和巴奈德兩人邁步往人聲鼎沸的大馬路走去。

你和我的勿忘草

You and my Forget-Me-Not

Memory records of bastard magic instructor

阿爾扎諾帝國魔術學院今天同樣迎接了和平的一天。我一如往常，躲在暗處偷看心愛的那個人。

「咿咿咿咿咿——!?冷靜一點！有話好好講嘛，白貓！我們是可以溝通的！」

「站住！今天我絕對饒不了你！」

像這樣遠遠地關注那個人，是我最近的小小例行公事。光是讓目光停留在那個人身上，我就會自然地漾出笑容。

「咿咿!?好危險!?等一下，不要用【休克電流】!?我是有理由的！我有不得不那麼做的苦衷啊！」

「監考小考的時候，在眼皮上畫眼睛假裝醒著卻偷偷打瞌睡，你到底是有什麼理由啊!?」

那個人固然有孩子氣的一面，可是看在我眼中卻依然覺得可愛。那是他最大的魅力之一。

「不瞞妳說……昨晚我跟瑟莉卡熬夜玩西洋棋！所以實在睏得不得了啊！」

「這完全是你自作自受吧!?」

回想起來，我會認識那個人，是因為朋友邀請我一起參加那個『傳說中的授課』。

那個時候發生的事情至今仍歷歷在目。

那堂『傳說中的授課』，確實是名不虛傳的一堂課……對於過去努力學習只為了拚魔術師階級升格的我來說，有如大夢初醒……而且，最重要的是……我在那裡遇見了那個人。

「呼……附帶一提，昨晚的戰績是零勝二百二十三敗。好想哭。」

「你也輸得太慘了吧!?是說，到底要怎麼樣才能像你那樣一直賭輸啊!?」

從此之後，只要我想起那個人就會心跳加速，內心洋溢著幸福……而且還有一絲揪心，惆悵的感覺。我……對那個人一見鍾情了。

「對了，聽我說，白貓！瑟莉卡那傢伙真的很過分耶!?雖然說願賭服輸，可是她居然狠心從我這沒賺幾毛錢的窮鬼身上把錢搶走！都是她害得我到下個月之前只能吃土了！妳說她過不過分!?」

「你在明白自己贏不了的時候就該停手了吧!?西洋棋不是靠運氣就有辦法贏的東西啊!?」

「呼……若我在那個時候選擇收手……未來就再也無法邁步向前行了……我有這樣的預感……」

「比起那種事情，你還是面對現實吧！」

希望總有一天我能把這份心意透露給那個人知道。如果可以實現的話……我希望一生都能陪伴在那個人的身邊。為了那個人，要我捨棄這條性命也在所不惜。我是真心這麼想的。

可是。我心愛的那個人……身邊總是有那傢伙存在。

「總之，現在妳也知道情況了。白貓……妳可以借我一點錢……」

「《爛・人》——！」

「呀啊啊啊啊啊啊啊啊啊——！」

無論何時何地，每次我看向那個人，身旁總是有那個傢伙在。

那傢伙自以為是誰啊？明明又不是情侶，卻一直黏在我心愛的人身旁……這樣下去，那個傢伙會不會近水樓台先得月呢？一產生這個念頭，就有一股讓人坐立難安的焦躁支配著我。

（不能原諒……！我絕不允許這種事情發生……！）

與其坐視心愛的人被那個傢伙搶走，不如——

一切都是為了愛。

這一刻，少女為了個人利己的愛，把靈魂賣給了惡魔——

某一天。

午休就快結束的時候。

葛倫呈大字狀躺在魔術學院本館校舍的屋頂上，沐浴在溫暖的陽光下昏昏欲睡。

「好和平啊……如果這樣的時光能永遠持續下去就好了……」

葛倫悠悠哉哉地打了個呵欠，這時——

『呀啊啊啊啊啊啊——!?』

校舍裡傳來了女學生的慘叫。即使距離遙遠，葛倫也能確實感受到從喉嚨拚命擠出來的恐懼與混亂。

「好啦好啦，知道了！只能怪自己活該亂插旗啦！」

聽到那聲慘叫後，葛倫跳起來衝了出去。他穿過屋頂的出入口，衝下樓梯，在走廊上飛奔

——

（慘叫的來源是在那裡嗎!?）

仔細一看，有一群女學生聚在某個教室大聲喧嘩，葛倫加緊速度往那裡跑去。

然後他推開擠在入口附近的女學生——

「發生了什麼事!?」

一進到裡面。

「白、白貓……？」

「不要！不要——!?別過來！不要靠近我!?」

應該是才剛換衣服換到一半吧……只見半裸的西絲蒂娜瑟縮在教室的角落，一邊顫抖一邊哭喊大叫。

「這、這裡是什麼地方!?你、你們又是什麼人!?」

「老、老師!?拜託，快來救救西絲蒂！」

同樣半裸的魯米亞露出一副快要哭出來的表情向葛倫求助。

「魯米亞，到底發生了什麼事!?」

「我也不曉得！我們在換衣服準備下一堂課，結果西絲蒂突然開始講莫名其妙的話，精神錯亂起來……！」

「西絲蒂娜打開了那個置物櫃以後，就突然變得怪怪的。」

身上除了內衣褲以外，其他地方都脫得精光的梨潔兒指了其中一個櫃子。

「置物櫃……？」

葛倫看了看分配給西絲蒂娜的置物櫃。

「那、那個是……!?」

葛倫驚愕地凝視著突兀地被擺放在置物櫃裡的草。

「那是勿忘草……白貓那個傢伙……難道吸了那玩意兒的氣味嗎!?」

「勿、勿忘草……是之前老師在課堂上講過的那個嗎？」

「沒錯。總之得先讓白貓冷靜下來才行……」

葛倫高舉雙手，緩緩靠近瑟縮在房間角落的西絲蒂娜。

「咿……不、不要過來……!?」

西絲蒂娜已經不再是平常那個神采奕奕的她，如今她就像是獨自被拋棄在外，內心充滿不安與恐懼，害怕得不停發抖，剛出生沒多久的小貓。

「放心，不用害怕。我是來幫妳的。」

葛倫展現出面對初次見面的小孩的態度。

「誰知道你說的是不是真的……因為我又不認識你……」

「哈哈哈。是嗎？既然如此……」

「咿……!?」

葛倫面露微笑向西絲蒂娜伸出了左手……西絲蒂娜更害怕了……

碰！突然間，葛倫伸出來的那隻手上出現了一朵盛開的花。

「……咦？」

「請收下，公主殿下。這是友好的證明。」

葛倫笑咪咪地把花遞給西絲蒂娜。

西絲蒂娜忍不住眨著眼，收下了花。

「……妳冷靜點。不用害怕。這裡沒有會傷害妳的壞人。即使真的有……我也會保護妳的……妳願意相信我嗎？」

「…………………」

西絲蒂娜一臉呆滯地交互看著手上的花，還有面露和藹笑容的葛倫……

然後忐忑不安地點了一下頭。

「呼……總算冷靜下來了……」

「老師……西絲蒂她怎麼了……？」

魯米亞哀傷地垂低了頭。或許是因為西絲蒂娜連她也不認得的關係，讓她受到了很大的打擊吧。

「我明白妳的心情，可是稍後再談吧。總之先帶白貓前往醫務室……」

這時──

葛倫終於發現。

西絲蒂娜和魯米亞都是正在換衣服的半裸狀態。梨潔兒更是幾近全裸（而且光明正大地連遮也不遮）。

難怪這裡的膚色成分比例感覺特別高。

「原來這裡是女生更衣室啊……」

在更衣室內被半裸和幾近全裸的女學生們包圍，葛倫揚起嘴角露出陰險的笑容。

原本受事態影響而慌成一團的女學生們慢慢恢復了理性……與此同時，一股猛烈的殺氣開始逐漸沸騰、升高。

「……哼。」

葛倫像是在恐嚇一樣，「碰！」地把手搭在置物櫃上。

「好啦好啦好啦，是我不對。不用妳們提醒啦。這種事情我有在反省。之後想把我抓去火烤或烹煮都隨便妳們啦？」

葛倫露出一副讓人看了就想往他臉上揍一拳的囂張臉孔，向在場的女學生們放話……然後……

「別在那邊說什麼廢話了，放馬過來吧————！」

葛倫擺出修羅一般的表情大叫，下個瞬間——

更衣室裡的女學生們就如海嘯一般向葛倫發動攻勢——一場讓人不忍卒睹的校內暴力事件

就此爆發。

「……一如以前我在課堂上稍微提過的，『勿忘草』是一種能影響人類記憶的魔術藥草……」

在學院的醫務室，衣服千瘡百孔，全身滿是抓傷和瘀血的葛倫解說道。

「影響最深的，在於自己和人際關係這一塊的記憶，會被封印起來……換言之，會讓人失憶。據說，原本的用途是拿來幫助失戀的人忘記對方。」

魯米亞難過地垂低了眼簾。

「老師……西絲蒂的記憶會永遠回不來嗎？這樣的話，我……」

「魯米亞……打起精神。」

就連跟平常一樣看似困倦的梨潔兒也有幾分難過的樣子。

「不會有事的。放心吧。」

葛倫露出堅定的笑容為兩人打氣。

「我不是說了嗎？勿忘草的作用是封印記憶而非消除……也就是說，她只是暫時想不起來，而不是完全忘記妳們的事情。」

「咦？這麼說……」

在聽了葛倫的解說後，魯米亞的表情瞬間明朗了起來。

「嗯。只要解毒，給她一點契機的話，她馬上就會完全恢復過去的記憶了。」

「太、太好了……」

魯米亞握住了不安地坐在床上的西絲蒂娜的手。

「西絲蒂……我知道妳現在或許很徬徨，不過妳要加油喔？老師一定會幫妳想辦法的。」

然而西絲蒂娜卻別過頭，並且掙脫魯米亞的手，用力拉緊了站在旁邊的葛倫的袖子。

「……西絲蒂？」

「西絲蒂……不，是西絲蒂娜……這是我的名字嗎？」

「嗯，沒錯。妳是西絲蒂娜，我最重要的朋友。然後她是梨潔兒。西絲蒂妳總是把她當妹妹一樣看待……妳有想起來什麼嗎？」

「魯米亞……梨潔兒……嗚，不行……我想不起來……！」

西絲蒂娜突然激動起來，猛力搖頭。

「我不認識妳們！我到底是誰……！妳們又是什麼人，我完全沒有印象……！好可怕……我好害怕……！」

眼看西絲蒂娜就要失去控制的時候……

「乖、乖，把心情放輕鬆。」

葛倫溫柔地說完後，把西絲蒂娜的頭髮摸得亂糟糟的。

「啊……」

西絲蒂娜立刻安靜下來，揚起視線看著葛倫。她將葛倫的袖子抓得更緊了。

「魯米亞，妳的心情我可以理解，可是那樣是不行的。不能急著強迫現在的她接受正確的記憶……請妳諒解。」

葛倫像是在安撫魯米亞般吐了口氣說道。

「勿忘草的效果是屬於抑制型的。換言之，會讓人的精神變得非常消沉不安。所以碰到這種狀況的時候呢……」

葛倫單膝跪在西絲蒂娜的面前，讓自己的視線與對方齊高，以沉穩的語氣向她開口：

「妳不需要把她們說的話放在心上。而且妳也不需要強迫自己去回想。沒關係的。」

「那個……你是……？」

「我嗎？妳說呢。我是誰都無所謂。唯一確定的是我是站在妳這邊的人。這樣吧，妳可以稱呼我為『老師』。」

「『老師』……」

「相對的，我可以稱呼妳為『白貓』嗎？這個稱呼其實沒什麼特別含意……只是雙方沒有個稱呼的話，還是挺不方便的吧？怎麼樣？」

「好、好的……我知道……了。」

儘管表情還是寫著不安，可是一度失控的西絲蒂娜好不容易恢復了鎮定。

「對、對不起，老師。我……」

「不用放在心上啦，魯米亞。妳的心情我非常瞭解。」

像是要鼓勵意志消沉的魯米亞一般，葛倫拍拍她的肩膀。

「只是，問題在於……從種種跡象來看，似乎是有心人士故意想讓白貓聞到勿忘草的……」

「這麼說來……西絲蒂曾提到最近好像有人在偷看她的樣子……」

「真的嗎？這麼說的話，也有可能是對白貓懷恨在心的人搞的鬼了……咕……看來事情不單純哪……」

葛倫神情苦悶地咕噥，西絲蒂娜又緊張不安地用力拉住了葛倫的袖子，這時——

「葛倫。」

瑟莉卡喀嚓一聲打開房門，走進了醫務室。

「唷，瑟莉卡。解毒儀式的準備進行得如何？」

「我就是要說這件事……準備儀式的時候，瑟希莉亞那傢伙老毛病發作，吐了一大灘血昏倒了。」

瑟莉卡嘆了口氣。

「啊啊，瑟希莉亞老師她今天好像感冒的樣子……」

瑟希莉亞雖然是醫術出眾的法醫師……可是她的體質卻極為虛弱，有時便會發生這樣的事，讓人感到困擾。

「看到口吐鮮血的瑟希莉亞像祭品一樣倒在血淋淋的法陣中心的時候，我還以為是什麼召喚惡魔的儀式呢……」

「嗚哇……」

那個畫面並不難想像，所以更令人害怕。

「所以儀式還得花上一段時間才能準備好。因為得從頭開始建構法陣，而且還得等瑟希莉亞復活才行。」

「沒辦法。無論如何，得先除掉『勿忘草』的毒，否則也無法進行下一步……」

「我不要再拖下去。」

出乎意料的，這時跳出來懇求瑟莉卡的人，竟然是梨潔兒。

「西絲蒂娜再不恢復記憶的話，魯米亞會很傷心。魯米亞傷心的話……我的心也會跟著痛起來。難道沒有其他辦法了嗎？瑟莉卡。」

說來令人意外，其實瑟莉卡和梨潔兒兩人之間常常往來。據說，原因是她們覺得彼此『不是外人』的樣子，詳細的情況就不清楚了。

「這個嘛……除了去毒然後等記憶自然恢復之外，還有一招啦……」

瑟莉卡瞄了葛倫和抓著他衣袖的西絲蒂娜一眼，露出小惡魔般的奸笑，理直氣壯地說道：

「那就是給她強烈的衝擊囉！」

「什麼——」

「……咦？」

「梨潔兒。這招是古今中外流傳的傳統失憶治療法。利用強烈的物理性衝擊恢復記憶，是眾所皆知的經典治療法。」

「是嗎？」

「沒錯。」

「沒錯個屁啦!?瑟莉卡，妳到底在胡說什——」

葛倫還來不及制止。

「我明白了。如果這麼簡單就能幫西絲蒂娜恢復正常的話……」

梨潔兒話還沒說完就透過擅長的高速武器鍊成，生成大劍——

「呀啊!?救、救命——」

「放心！我會用刀背砍的！」

梨潔兒理所當然地高舉大劍，朝嚇得魂飛魄散的西絲蒂娜衝去——

「嗚哩啊啊啊啊啊啊啊啊啊啊啊啊啊啊啊啊啊啊啊啊啊——！」

剎那間，葛倫像是要擋在西絲蒂娜前面般介入兩人之間，速度飛快地抓住梨潔兒的手臂和胸襟，往她的下盤一掃，一舉將她摔了出去。

啪鏘！梨潔兒的身體撞破醫務室的玻璃窗，不可思議地飛走了。

順帶一提，這裡是三樓。

「啊啊!?梨潔兒——！」

魯米亞嚇得趕緊衝向窗邊。

「瑟莉卡，妳是當真的嗎!?向腦筋單純的梨潔兒灌輸那種觀念，會有什麼下場，妳應該知

——」

另一方面，葛倫完全不關心被摔出去的梨潔兒的死活，以帶有譴責之意的視線投向瑟莉卡，然而……

背部突然傳來一股柔軟的觸感，葛倫瞬間噤口。

「嚇、嚇死我了……謝謝你……『老師』……」

西絲蒂娜從後面抱住了葛倫。

葛倫轉過脖子，苦著一張臉看了身後一眼，然後不爽地瞪了瑟莉卡。

「……這就是妳的企圖嗎？」

「還好啦。當對方受到那類藥物影響情緒不穩定時，最能使情緒穩定下來的有效手段，就是幫對方豎立一根『心靈支柱』……我有說錯嗎？」

「啊啊，對啦。妳確實這樣教過我沒錯，王八蛋師父。是說，難道就沒有更妥當的方式了嗎？像剛才那樣利用梨潔兒，就算是她也會動怒吧……」

「說得也是……對她做了很過分的事情。等一下再請她吃很多草莓塔好了……希望她會原諒我。」

「啊，這招一定行得通的。」

而瑟莉卡想出來的粗暴治療法似乎立竿見影。

「那個……『老師』……？」

「嗯？」

「那個……你說你會保護我……原來這句話是真的呢……」

「咦？啊啊，嗯……對啦。」

「嗯……雖然我還是想不起來你是誰……不過還是請你多多指教……『老師』……」

西絲蒂娜似乎已經完全接納了葛倫，面紅耳赤地低聲說道。

「噢、噢……」

看到小鳥依人的西絲蒂娜，葛倫整個頭皮都發麻了。

另一方面。

窗外——西館校舍屋頂。

（嗚，怎麼會這樣……完全適得其反……這樣下去我心愛的那個人到頭來還是會被那傢伙騙走……！）

某個利用望遠魔術偷窺著醫務室的少女出現在那裡。

雖然不是葛倫自己有意想讓事情變成這樣的……可是以結果而言，喪失了記憶的西絲蒂娜只願意向葛倫敞開心房。

而且理所當然地，西絲蒂娜在解毒儀式準備好之前將由葛倫負責照顧。

葛倫要魯米亞和梨潔兒先回到教室，並且對西絲蒂娜施以各種魔術性的應急處置後，帶著西絲蒂娜在校園內四處走動。希望能讓她的記憶稍稍恢復。

不管葛倫走到哪裡去，西絲蒂娜就像緊跟著父母的小鳥一樣形影不離。

而且每次只要受到驚嚇，西絲蒂娜不是躲到葛倫的背後，就是抱著他的胳臂不放。

如果熟知他們平日互動情況的人看到這一幕，肯定會感到非常詭異。

「那個……怎麼說呢。白貓。妳黏我黏得這麼緊……感覺很尷尬。」

繞完學院一圈後，準備返回教室的路上，葛倫面露複雜的表情向一路抱著他的胳臂、畏畏縮縮的西絲蒂娜說道。

「啊……那個……抱歉……」

西絲蒂娜傷心又依依不捨地放開了葛倫的手臂……不過也只是放開而已，她完全沒有保持距離的意思。

「你、你一定覺得很困擾吧……受到我這種女生的糾纏……」

「不，不是那樣的。呃……很難跟現在的妳解釋啦……」

葛倫不曉得該怎麼說才好。

「啊……對了。根據聽到的說法……我和『老師』好像是教師和學生的關係。」

西絲蒂娜垂下了眼簾。

「說得也是……如果跟我傳出奇怪的緋聞，『老師』也會很困擾……」

「不，也不是因為那樣。事到如今我已經不在乎別人怎麼說我了。會困擾的應該是妳才對。」

「我、我怎麼會覺得困擾呢……」

在獲得葛倫這個精神支柱後，西絲蒂娜慢慢地接受了現在的自己處於『和平常的自己不一樣，失去了某部分記憶的狀態』這個現實。

同時，她也隱隱可以理解有人故意讓她聞到勿忘草的氣味，成了某人的攻擊目標的事情。

即使處於失憶的狀態，西絲蒂娜還是一樣冰雪聰明。所以葛倫判斷，即使發言內容尖銳了些，應該也不成問題。

「總而言之，我和妳本來可是有著不共戴天之仇的敵人喔？等妳恢復記憶之後，要是發現跟我傳出奇怪的八卦，妳肯定會覺得很不舒服的啦。」

葛倫打趣似地說道。

「怎、怎麼會覺得不舒服呢……我反而還……」

「……嗯？」

「沒、沒事，什麼也沒有。」

西絲蒂娜不知何故慌張地垂低了頭，兩邊臉頰都紅透了。大概是因為還沒解毒，身體狀況不是很好吧。

「話說回來……我在失去記憶之前……跟『老師』你的關係有那麼惡劣嗎……？」

西絲蒂娜失落地喃喃說道。

「嗯？這個嘛……好像只要一見面就會吵架吧……」

「不敢置信……明明『老師』是這麼溫柔的人……失去記憶前的我為什麼會和你發生爭執呢……」

「呃、呃……白貓？」

真難回應。正因為葛倫熟知原本的西絲蒂娜是什麼個性，現在看她表現得這麼溫順，葛倫反而不知該如何應對。

就這樣一路聊著，葛倫和西絲蒂娜最後終於來到了自己的教室門前。

「總、總而言之……雖然還沒解毒……不過盡量接觸失去記憶前的環境，能幫助記憶及早恢復。所以我想安排妳跟我班上的學生一起上課……怎麼樣？妳可以嗎？」

「…………」

西絲蒂娜似乎還是有些害怕的樣子。也不能怪她。陌生的環境，陌生的人。能依靠的對象只有葛倫一個。

「我不會強迫妳接受。如果不行那就算了……妳覺得呢？」

西絲蒂娜又用力抓住葛倫的胳臂，猶豫不決地沉默了片刻。

「……我知道了，我願意試試。」

儘管臉上流露出不安，西絲蒂娜還是下定決心回答道。

「因為我也不能一直給『老師』製造麻煩……」

「說得很好……了不起。」

葛倫把手放在西絲蒂娜的頭髮上輕撫。

西絲蒂娜像是有些開心，有些享受似地臉上漾出了笑容。

（簡直就像小貓一樣哪……真的。）

葛倫邊嘆氣邊苦笑了起來。

於是，等葛倫和西絲蒂娜進入教室之後……

「老師！魯米亞把事情告訴我們了喔喔喔──!?」

「沒事吧!?喂，老師！西絲蒂娜她還好嗎!?」

學生們不約而同湧上來圍繞住了葛倫和西絲蒂娜。

「……!?」

西絲蒂娜立刻心生膽怯，躲在葛倫背後，抓著他不放。

「嗚哇，好罕見的反應……」

「記憶果然還沒恢復嗎……」

「可惡！是哪來的混蛋讓我們的同學碰上這種事的!?」

「絕對！饒不了那個人！」

「先不管犯人了，西絲蒂娜現在該怎麼辦，老師！得快點幫她恢復正常！」

「現在為西絲蒂娜同學治療的準備進行得如何!?如果不嫌棄的話，那布勒斯家的人會來協助──」

圍繞住葛倫和西絲蒂娜的學生們因為過於擔心而顯得情緒激動，七嘴八舌地爭先發言。

「啊……啊、啊啊……」

一瞬間，西絲蒂娜的表情充滿了恐懼和混亂……

「不、我不要……！救、救……」

眼看她的情緒就要爆發時——

「你們適可而止吧！」

葛倫突然發出和他那平常呆頭呆腦的模樣難以聯想在一起的厲聲大喝，學生們頓時噤若寒蟬，整間教室鴉雀無聲。

「……啊，抱歉，我不該大聲的。」

為了要讓學生安心，葛倫撇起了嘴角。

「不過，既然你們已經知道發生了什麼事，相信你們也都清楚勿忘草的作用吧？畢竟不久前我才在課堂上跟你們提過。」

「啊……那、那個……對、對不起……老師……」

卡修代表所有同學鞠躬道歉。

「我知道你們放心不下白貓。可是正因為擔心，你們更應該要用平常心去對待她。那才是最好的方法。」

「有道理……那個……抱歉，西絲蒂娜……我們聽說妳被某人下藥，就慌成一團了……」

「不、不會……我……」

西絲蒂娜牢牢地抓著葛倫的手臂，心情慢慢鎮定了下來。

「放心，沒事的，白貓。」

葛倫摸著西絲蒂娜的頭，像是在安撫她的情緒一般溫柔說道。

「這些傢伙也只是擔心妳而已。他們都是妳的重要夥伴……妳不能信任他們嗎？」

「沒、沒有……既然『老師』這麼說……表示事實應該就是這樣沒錯……我會信任他們……」

然後……

西絲蒂娜閉上眼睛，反覆做了好幾次深呼吸，最後下定決心般放開葛倫的手臂，上前一步對著同學們說道：

「那個……不好意思。我完全不認得你們是誰……好像全都已經忘記了……真的很抱歉……」

西絲蒂娜一臉歉然地低頭致歉。

「不過我會努力去回憶大家的身分。雖然還是會害怕……不過我感覺得出來大家都是好人……所以……那個……」

然後……

「還請大家不要嫌棄這樣的我……多多關照了。」

西絲蒂娜努力擠出了笑容……那張帶著淡淡憂愁的笑容所散發出的氣質是如此夢幻……

（（（（咦、咦……？））））

那個瞬間，班上的學生──尤其是男學生──都受到了一股衝擊。

（西、西絲蒂娜她……是這麼可愛的女生嗎……？）

（怎、怎麼可能……我明明是梨潔兒派的啊……!?）

（奇、奇怪……怎麼覺得心臟在怦怦跳？）

（她雖然很漂亮，可是以前明明不會想追她當女朋友的啊……！）

（好、好想保護她……！）

但當事人撇下那些心癢癢的男學生──

「妳很努力了，白貓。」

「……這要感謝『老師』……是你帶給我勇氣的。」

「是嗎？」

葛倫摸摸西絲蒂娜的頭……西絲蒂娜靦腆地瞇起眼睛，一副非常開心的樣子……

剎那間。葛倫的背部打了個寒顫。

「……怎麼了？『老師』？」

「不知道……我好像有種會被人從背後捅一刀的預感……為什麼？」

集所有男學生充滿敵意的冰冷視線於一身，葛倫的冷汗就像瀑布一樣流個不停。

由魔術講師葛倫所主持的魔道具製造術課開始了。

主題是『用加工過的寶石來製作卷軸』。具體而言，就是在羊皮紙上建構魔導回路和簡易魔力爐，製作出可以透過簡單的令咒，讓附在羊皮紙上的魔術發動的消費型附魔。

雖然這內容以前就教過了，不過葛倫還是決定再上一次同樣的內容，幫學生複習順便促使西絲蒂娜恢復記憶。

葛倫簡單地講解過重點後，學生們立刻開始動手製作。

在羊皮紙上寫下咒文並描繪法陣，然後用工具修剪寶石鑲嵌在重點的地方，再透過咒文將魔力注入。最後使用烙鐵把各種魔術觸媒和銀一同烙印上去，製作出魔導回路——大家做起來都有駕輕就熟的感覺。

然而，雖然西絲蒂娜還記得存在於腦子裡的東西，像是基本的魔術理論和知識，可是近期學習的東西似乎都忘光了。

所以西絲蒂娜做起來不太順手，進度遲緩。這樣的畫面對於不管碰上什麼課題，總是搶先所有人一步完成的西絲蒂娜來說非常罕見。

「嗚……好難喔……」

西絲蒂娜不知所措地東張西望，向葛倫投以求救的眼神……這時——

「西、西絲蒂娜……要、要不要我教妳訣竅？」

以羅德和凱為首的男學生們，紛紛聚集在西絲蒂娜的身旁。

「裁切寶石的時候角度非常重要……（雖然這是以前從妳那邊學來的。）」

「把銀烙上去的訣竅是這樣和這樣……（雖然這是以前從妳那邊學來的。）」

「要、要讓觸媒附著上去時，必須小心的地方是如此如此這般這般……（雖然這是以前從妳那邊學來的。）」

面對圍聚在自己四周的男學生，西絲蒂娜一開始也感到迷茫，可是發現葛倫在不遠的地方用溫暖的眼神關注著她，似乎就放心了。

她順從地聽從男學生們的建議進行製作……

「啊……完成了。」

「噢噢！很厲害嘛，西絲蒂娜！」

「好棒、好棒！真的太了不起了！」

「呵呵，這都要歸功於親切的大家……真的很感謝你們。」

西絲蒂娜向男學生露出燦爛的微笑，那笑容是那麼地高雅又夢幻，和平常那個態度強勢又不服輸的她根本無法聯想在一起，讓人看了不禁產生一股想要守護她的衝動……

（（（（……啊，好像不妙……））））

班上的男生普遍分為魯米亞派、梨潔兒派、溫蒂派等等，在這競爭激烈、群雄割據的局面中，名為『西絲蒂娜派』的新興派系正迅速擴大。

「呼……看來我們班上的人心腸都挺好的嘛……坦白說，老師有點感動。」

葛倫感觸良多地說道，對於檯面下的暗潮洶湧一無所知。

「嗯……是這樣嗎……事情好像沒那麼單純耶……？」

魯米亞只能苦笑。

「噢，白貓。感覺怎麼樣？你們對白貓好像也滿友善的，多謝啦。」

看到男學生們義氣相挺而心情大好的葛倫，往西絲蒂娜身邊移動。

「『老師』……」

看到葛倫靠近，西絲蒂娜立刻笑逐顏開，臉頰飛起一抹淡淡的紅暈……

看到這個景象的男學生們，先是面面相覷，接著——

「「「「呸。」」」」

他們就像在吃醋一樣，別過頭不理會葛倫。

「那是什麼反應啊!?我和你們有仇嗎!?」

「你們心自問吧……」

「晚上回家的時候……勸你最好小心背後……」

「是說甜頭每次都是老師的，太奸詐了。」（哭泣）

「先是魯米亞和梨潔兒……現在又……嗚！你又想一個人獨占了嗎!?」（大哭）

「啥!?」

大家一如既往地開始大吵大鬧。

看到大家吵成一團，西絲蒂娜有些不知所措地詢問一旁的雙馬尾女學生：

「呃、呃……不好意思，請問妳是……？」

「我是溫蒂。」

「那個……溫蒂同學……方便跟妳請教一個問題嗎……？」

「呵呵，有問題儘管問吧。」

「謝……謝謝……那個……『老師』他是不是不怎麼受大家歡迎？」

西絲蒂娜難過地詢問，為了讓她放心，溫蒂帶著苦笑回答：

「不用擔心啦。包括老師在內，那些男生本來就常常會為了一些無聊的小事情吵吵鬧鬧。

就像小孩子之間的玩笑一樣。」

「是、是嗎……？太好了……」

西絲蒂娜放下心中的大石鬆了口氣，露出微笑。

「如果……那麼溫柔善良又可靠的人受到大家排擠的話……我會很難過的……」

「……呵，真不像是平常的妳會說的話呢……」

溫蒂的額頭涔涔冒汗，表情變得非常僵硬。

「平常的我……？這麼說來，平常的我和『老師』的關係如何呢？」

「咦？」

「那個……我有聽說……我們關係好像不是很好的樣子……」

「嗯……該說感情不好嗎……呃……」

「我想瞭解事實……可以請妳告訴我嗎？」

「嗯……如果妳真的想知道，我是可以告訴妳實情啦……」

溫蒂硬著頭皮開始說明平常的西絲蒂娜和葛倫之間的關係……另一方面──

「夠了！看來我們有必要跟你做個了斷！」

「沒錯沒錯！這一切都是為了愛！一切都是為了一吐我們這些受到欺凌、因可愛女孩被不正當奪走而一無所有者、不受歡迎者之怨嘆及怨恨，揭示我們的正義！」

「打破戀愛差別社會！」

「來搞羨慕階級鬥爭吧！結束單身的歲月！」

「「「給予人生勝利組鐵槌制裁！」」」

「「「用鮮血肅清吧！」」」

男學生們高舉打倒葛倫的大旗，「喔喔喔喔喔喔！」地振臂發出戰吼，氣勢洶洶地殺向葛倫──

「嘖──!?你們夠了吧！我們有什麼非戰不可的理由嗎!?（這次他們還挺認真的。）」

雙方展開了一場壯烈的魔術大戰。整個教室陷入一團混亂。

而且，就像要為這場混亂火上加油般——

「你們鬧夠了沒!?到底是在吵什麼——!?」

先是哈雷登場——

「聽說白貓女孩失去了記憶！呼哈哈哈——！包在本天才魔導工學教授奧威爾・休薩身上吧——！」

緊接著奧威爾雙手捧著詭異的機械現身——

「記憶喪失惶惶不安的少女乃是我的最愛！請務必把治療的工作交給在下！在下保證以自身的白魔術偷窺——找回妳失去的記憶！」

最後甚至連崔斯特男爵都冒出來了。

「給我滾回去，你們這群笨蛋——！……啊，※荷貝列克前輩，真不好意思……」（編註：音同日文的「爛醉如泥」。）

「你完完全全叫錯我的名字了，葛倫・雷達斯——!?」

「親眼見證吧！這部記憶復原裝置會直接以電流衝擊腦髓，進而引爆炸藥——！把記憶和肩膀僵硬同時炸☆毀！雖然有資料指出，當事人的意識會在那個當下穿越時空，回到過去或者前往未來的樣子——不過那只是個小缺失！之後再修正就好，不用擔心！」

「嘻、嘻嘻嘻……過來這裡呀，小貓咪……沒什麼好害怕的……把小貓咪內心的一切毫無保留地攤開給叔叔看吧……哈啊哈啊……」

「「「全軍拔刀．全軍突擊！」」」

「「「縱使我們全軍覆沒，只要能打倒老師，讓沒人愛的男生和可愛的女孩各有一人倖存，這場戰爭就算是我們的勝利了！」」」

「根本滿滿都是吐槽點啊！」

葛倫仰天大叫的同時……

「!?」

一道黑魔【休克電流】的雷閃從窗外射向了西絲蒂娜——

「呀啊啊啊啊啊啊——!?」

「啊！咿咿咿咿咿——!?」

所幸，試圖偷偷接近西絲蒂娜的奧威爾和崔斯特男爵剛好在雷閃的飛行軌跡上，讓西絲蒂娜逃過了一劫……可是，如果沒有這兩個變態的話，那道雷閃早就命中西絲蒂娜了。

「咿!?」

看到兩個變態被電到昏倒在地，西絲蒂娜瞬間面無血色。

教室旋即一陣騷動。

「白貓！」

見情勢不對，葛倫馬上採取行動。他立刻衝到了西絲蒂娜的身旁。

沒錯。西絲蒂娜是被人設計才聞到了勿忘草氣味的。

換句話說——這間學校裡面存在著想對西絲蒂娜不利的第三者。

她……被人鎖定了。

「呿——!?」

葛倫擋在西絲蒂娜面前，想要從似乎來自窗外的襲擊者的攻擊之下保護她，下一刻……

第二發、第三發【休克電流】接著射了進來——

「危、危險！『老師』快逃！」

「哼，不用擔心啦——」

葛倫立刻伸出手，一把揪住某人的領子——

「防護罩——！」

「呀啊啊啊啊啊啊啊——!?」

——把那個人抓來當肉盾使用。

那個倒楣鬼就是哈雷。

「呼……要是沒有防護罩的話，我就死定了……」

「嗚，葛倫・雷達斯你這傢伙……給我記、住……」（昏倒）

葛倫不把哈雷的威脅當一回事，他擦掉額頭上的冷汗，露出嚴肅的表情注視著窗外。正面可以看見別館校舍和高塔等設施。

（嘖……不行。能從外面狙擊這裡的位置太多了……要推測狙擊地點的難度很高……）

「『老師』，你沒事吧!?」

西絲蒂娜從後面緊緊抱住了葛倫。

「謝謝，你又保護了我一次……我好害怕……」

西絲蒂娜淚汪汪地躲在葛倫背後發抖。彷彿葛倫的背後是她唯一一個可以放心的地方，西絲蒂娜緊緊地依偎著葛倫的身體，那副模樣看起來是如此脆弱。

正因為葛倫知道她原本是個凜然的女生，看到她這個樣子更覺得心痛。

「放心……沒事的。有我守護著妳。」

葛倫一邊安慰西絲蒂娜一邊心想：

（可惡……得想想辦法才行……不只要恢復記憶……還得找出想對白貓不利的人……得先

設法解決那個傢伙。問題是我又不能離開白貓……到底該怎麼辦……？）

然後——

「吶吶……你們聽說二班的西絲蒂娜的事情了嗎？」

「啊啊，好像有人讓她吸了勿忘草吧？……真可憐。」

「我就覺得今天學院好像也太安靜了……」

「不過聽說傍晚就要舉辦解毒儀式了。」

「是嗎，那太好了！」

「哎呀～果然一天至少得看一次葛倫老師和西絲蒂娜對決的戲碼呢～否則總覺得渾身不對勁……」

學院上上下下都在談論這件事。

「…………」

躲在暗處觀察風向的少女不動聲色地離開吵雜的人群，展開了行動——

學院某地。

「不用擔心。馬上就結束了。」

葛倫向不安地坐在床上的西絲蒂娜如此說道。

「想要傷害妳的犯人馬上就會落網，妳的記憶也會恢復。讓一切回到正軌就是我們的計畫。」

逮捕犯人的安排剛剛已經完成了，比葛倫想像中還要簡單。

之後只剩讓解毒儀式順利進行而已。

然而西絲蒂娜卻一副悶悶不樂的模樣。

「……怎麼了嗎？」

「『老師』……我……不希望恢復記憶。」

西絲蒂娜的意外宣言讓葛倫不禁啞然。

「……如果記憶恢復，現在的我會變成怎樣呢？」

「這、這個嘛……每個人的情況都不太一樣啦……不過大致而言，在恢復記憶的瞬間，就會把失去記憶那段期間所發生的事情給忘得一乾二淨了……聽說是這樣啦。」

「你對我的溫柔……你對我的保護和支持……這份記憶和思念……我全部都會忘得一乾二淨嗎……？我不要……這樣……」

「……什、什麼？」

葛倫快錯亂了。

「我聽說了很多事。平常的我……好像總是用非常苛刻的態度對待你的樣子……」

「不、不……也沒有那麼誇張啦……」

「為什麼？你這麼溫柔善良，為什麼以前的我老是用那麼過分的態度對你呢!?」

西絲蒂娜抬起淚汪汪的眼睛仰望著葛倫。

「如果我恢復記憶，你肯定不會再溫柔對我了……因為我是個個性很差勁的女孩……我不要那樣……我寧可維持現狀……嗚嗚……咿嗚……」

「……妳冷靜點，白貓。」

葛倫把手搭在西絲蒂娜的肩膀上。

「現在的妳只是受到藥效的影響，一時情緒不穩而已。那不是妳真正的感情。」

「可、可是……」

「況且。別忘了有人在等真正的妳回來呢。」

「……！」

魯米亞和梨潔兒在房間的角落默默地守護著西絲蒂娜。兩個人看起來都很擔心。

「不用想那麼多，放心吧。我依然會是我。」

葛倫露出堅定的笑容。

「坦白說，有時候我確實覺得平常的妳很囉嗦啦……可是我並不討厭那樣啊……所以放心吧。」

「老……『老師』……葛倫、老師……我、我……說不定……」

西絲蒂娜帶著恍惚的表情抬頭凝視葛倫——

「不、不可原諒……！」

在校舍屋頂用千里耳魔術，偷聽葛倫和西絲蒂娜對話的少女用力握起拳頭，氣得渾身發抖。

「居然無視我的存在，和我心愛的人說甜言蜜語，羨慕死人了，絕對無法原諒……！」

少女從屋頂探出身子往下看。

對面別館校舍的某間教室，也就是據說等一下就要舉行儀式的場所——葛倫和西絲蒂娜就在那裡。

「既然如此，那我就再發動一次攻擊！我費了那麼大的功夫才讓她吸了勿忘草……那種掃興的儀式，看我怎麼把它破壞掉，呵呵呵……！」

要用哪種攻擊咒文好呢——少女邊思考著邊露出詭異的竊笑……就在那時——

「就此住手吧。」

少女身後響起了一道嚴厲的聲音。

「什麼!?你是什麼人!?什、什麼時候出現在我背後的!?」

少女驚愕地轉過身子。

站在她身後的，是一名全身被漆黑斗篷包住的高個男子。男子有一頭隨風飄逸的長髮，從瀏海隙縫露出一雙如鷹般銳利的眼眸，定睛注視著少女。

「現在住手的話，還可以當作是小孩子的無聊惡作劇就此結案。快走。」

「你、你能不動聲色地溜到我背後，算你有一套，可是很抱歉～我沒辦法答應你的要求！」

少女自豪地挺起胸膛宣稱：

「其實我出身自相當知名的魔術師家族，而且我還是被稱之為那個家族的歷代魔術師裡，才能最突出的一個呢！像你這種來路不明的傢伙，才不是我的對手！」

「是嗎？」

「正是！敢跟我挑戰根本是『井底之蛙，以管窺天』的行為！雖然我不想濫用暴力，可是既然你那麼不知好歹，本小姐只好狠狠教訓你一頓了。做好覺悟了嗎？」

於是……

少女信心滿滿地向男子伸出雙手，開始唱咒──

過程省略。

「我抓到了。」

一打開房門，男子──阿爾貝特提著少女的後領，將她推送到葛倫等人面前。

「這、這個人是怎麼回事……太莫名其妙了……根本是怪物……」

不知道發生了什麼事──只見少女面色鐵青，邊發抖邊哭，癱坐在葛倫等人的前面。

接著阿爾貝特從懷裡拿出一疊資料，丟在葛倫的腳下。

「這些是勿忘草的取得管道、不在場證明、旁人的證詞等等……顯示這名少女是名大外行的證據……之後隨你處置吧。」

「噢，手腳還真快呢，小阿爾。」

「哼。」

阿爾貝特一副像在說著「浪費我的時間」，頭也不回地離去了。

「那麼……」

房間裡剩下葛倫、西絲蒂娜、魯米亞、梨潔兒、瑟莉卡……以及被他們圍住的少女。

少女留著兩條辮子，給人充滿知性和可愛的印象。

「妳是……亞魯夏‧克雷吉爾嗎？這還真教人意外……」

瑟莉卡盯著垂頭喪氣的少女喃喃說道。

「瑟莉卡。妳認識她？」

「啊啊，她在一年級的學生裡面算是頂尖的資優生。擅於社交而且品行端正，有許多朋友，也深受各講師的喜愛……沒想到她居然是這起事件的幕後黑手。」

一年級，也就是說她是小西絲蒂娜她們一屆的學妹。

「喂，亞魯夏。妳為什麼要做這種事情？」

少女……亞魯夏一開始沒有回答瑟莉卡的質問，只是低頭保持沉默……不久後她似乎做好了覺悟，以沉重的口吻說道：

「因為……我戀愛了……」

「！」

亞魯夏面露辛酸的表情望向葛倫。

「我是這麼這麼喜歡對方，一直為情所苦……卻只能躲在遠遠的地方偷看……可是那傢伙卻如影隨形地和我心愛的人在一起……這教我實在無法嚥下那口氣……」

「妳……所以才對白貓……」

葛倫悲傷地嘆了口氣。

「咕……這樣的愛也太沉重了……可是亞魯夏，事情也是有分能做和不能做的，不是嗎？」

「這、種事情我當然知道……！可是……可是……！」

「冷靜。像妳這種年紀的小鬼頭，有時候很容易被戀愛沖昏頭的。可是那只是一時衝動罷了……」

葛倫露出眺望遠方的眼神如此說道。

「才不是！我的感情是貨真價實的！才不是什麼一時衝動的產物！」

「無論如何，妳現在談感情還太早了。妳的年紀太小，還沒成熟到足以判斷自己的感情是不是真的……妳應該要去接觸各式各樣的人，認識多采多姿的世界，學習更多的事物才對……

到時再來談感情也不遲……」

「怎、怎麼這樣……」

「在畢業前妳還是先把那份感情放在心裡珍藏吧。到時妳的眼界肯定又會跟現在不一樣了。妳會感嘆原來自己也曾經做過這種傻事……這將會成為青春歲月的美好回憶。」

「我不想要那樣！我等不下去了！」

亞魯夏帶著悲傷的表情，張開雙臂向葛倫跑去。

「……妳這笨蛋。」

葛倫無法接受亞魯夏的感情。不過他很樂意讓她靠在自己的胸膛上哭泣。葛倫這樣想著，站好姿勢準備接受擁抱時——

「……嗯？」

亞魯夏視若無睹地從葛倫旁邊經過——

「呀!?」

「我愛妳！我愛妳呀，姊姊大人！」

——抱住了葛倫身後的西絲蒂娜。

「……這是怎麼回事？」

葛倫僵著臉問道。

「就是這麼回事！我從一開始就一直很欣賞姊姊大人！從溜進傳說中的白痴講師的課，遇見西絲蒂娜姊姊大人的那一刻起！」

亞魯夏緊緊抱著驚慌失措的西絲蒂娜不放。

「啊、啊咧～妳不是把白貓當成情敵——」

「情敵？你在說什麼？」

「上午的時候妳不是發動襲擊，讓白貓吸了勿忘草的人也是妳啊……」

「我只是想修理一下那些想靠近姊姊大人的不檢點笨蛋而已！會讓姊姊大人聞勿忘草，目的也是希望她能忘記你這個平常總是陰魂不散、纏著她不放的可惡白痴講師啦！」

「…………………………啊，是嗎？」

「啊啊！姊姊大人！姊姊大人啊啊啊啊啊！吸吸吸……啊啊，姊姊大人的味道好香喔……哈啊哈啊哈啊……頭髮也好柔軟啊……」

「等……妳在摸哪裡啊……嗯……快……住手……」

眼前那充滿蕾絲氣息（雖然只是單方面）的畫面讓葛倫看得目瞪口呆。

「咦？『在畢業前妳還是先把那份感情放在心裡珍藏吧。到時妳的眼界肯定又會跟現在不一樣了。妳會感嘆原來自己也曾經做過這種傻事……這將會成為青春歲月的美好回憶。』……
剛才你是這麼說的嗎？葛　倫　老　師？哎呀，真是至理名言呢……」
然後，瑟莉卡毫不留情地給葛倫補上一刀。臉上掛著小惡魔般的賊笑。
「……說嘛，你現在是什麼心情？說嘛說嘛，你現在是什麼心情？誤以為學生愛上的人是自己，還在那邊自以為是地發表人生大道理，欸，快跟我分享一下你現在的心情嘛。」
「吵死了——!?要笑就笑啊混帳東西——!?乾脆殺了我吧!?誰想得到她是女同性戀啊笨蛋——!?」
面紅耳赤的葛倫仰天怒吼。
「欸，魯米亞。不是男女生才會相愛嗎？為什麼女生會喜歡上女生？」
「對、對梨潔兒來說……要理解那個世界好像還太早了……」
「……？」
梨潔兒偏著頭一臉納悶，魯米亞則是滿臉苦笑。

後來——
解毒儀式結束，沒多久西絲蒂娜便恢復了記憶。

亞魯夏不只被嚴重警告，而且還得交大量的反省報告。

可是她沒有因此受到教訓，從那天開始，她動不動就會跑來向西絲蒂娜示好。這次的事件似乎讓亞魯夏拋棄了內心迷惘。摘下了品行端正的資優生面具後，亞魯夏顯得神采飛揚。

而且——

「受不了，你也差不多一點！為什麼你完全沒有身為講師的自覺呢!?聽好了!?所謂的講師——」

「知道了、知道了啦！拜託饒了我吧!?」

學院的某個角落上演了大家早已習慣的光景。路上的學生看到兩人鬥嘴的模樣都忍不住苦笑了。

「真是……那個乖巧的妳是消失到哪裡去了啊……明明那麼坦率又那麼可愛……」

葛倫搔著頭抱怨道。

「又來了!?那件事你到底要說幾次啊，我對失憶時候的事情一點印象也沒有！所以你拿那時候的事情來說嘴，我很困擾耶！」

「好啦好啦……唉～～」

葛倫垮下肩膀，長長地吐了一口氣，心不在焉地聽西絲蒂娜說教……

說教結束後——

（……我應該有好好掩飾過去吧？）

西絲蒂娜隱藏著猛烈的心跳，目送葛倫那死氣沉沉的背影離去。

（天呀……一想到那時候的事情，臉還是會不由自主地發燙……希望沒有流露在表情上……）

這件事連魯米亞和梨潔兒也不知情……其實西絲蒂娜還記得她因為勿忘草失憶的期間所發生的事情。西絲蒂娜的體質似乎比較特殊。

儀式後，記憶恢復正常的瞬間，西絲蒂娜不知何故馬上說謊，假裝自己不記得先前發生的事了。

（……太大意了。雖然情緒受到藥物影響變得比較不安定……可是我竟然……對那傢伙……那麼……那麼……嗚哇……）

臉頰又像著火一樣變得滾燙。心臟噗通噗通狂跳，好像快炸裂了一樣。

葛倫沒有對因為不安，像貓一樣黏著他不放的西絲蒂娜感到不耐煩，直到最後一刻都給予她支持和鼓勵。

那個時候的葛倫是那麼地溫柔……值得信賴又可靠……光是想起那個時候的葛倫的舉手投足……心跳就會加速，像是陶醉一般腦袋一片空白，感覺好像快要變得不是自己了。

這到底是什麼樣的感情呢？

（……哎、哎唷，雖然這起事件有些情非得已的部分，令人心裡有些疙瘩……）

西絲蒂娜偷偷地望了葛倫漸行漸遠的背影一眼……

（可是還是謝謝你，老師。）

喃喃地在心中說道。

兩個愚者

Two idiots

Memory records of bastard magic instructor

上。

「啊～麻煩死了……」

這裡是位在瑟莉卡洋房裡的葛倫房間。

葛倫怨天尤人的抱怨聲，迴響在四面牆壁都是書架的房間裡。

「瑟莉卡那傢伙，偶爾也自己打掃一下房間吧……可惡……」

葛倫一邊抱怨，一邊慢吞吞地把堆放在地板和沙發上的魔術相關書籍和魔術論文放回書架上。

「唉，真沒辦法……我可不想被罰不准吃飯……」

葛倫接著開始收拾同樣堆滿書和論文顯得亂七八糟的桌子。

「話說回來……我也真佩服自己能撐到現在……」

當他打開書桌抽屜，把亂七八糟地塞在裡面的魔術小道具全部拿出來的時候——

「……嗯？」

葛倫無意間發現了那個。

偷偷地躲起來，沉睡在抽屜深處裡的那個。

那是一張老舊的阿爾克那塔羅牌。

牌面上的圖片所暗示的阿爾克那是『愚者』。這張卡牌似乎是『愚者的阿爾克那』。

之所以說是「似乎」，是因為那張卡片的圖畫看起來像小孩子的塗鴉，畫得相當潦草。使用的紙張和顏料品質也都相當劣質。

「唔……？」

葛倫從懷裡拿出自己的『愚者的阿爾克那』卡牌。

葛倫的王牌是他的固有魔術【愚者世界】。他把發動固有魔術的關鍵卡片，和他在抽屜裡面找到的粗製卡片放在掌心上仔細比較。

一目瞭然——這兩張卡片的格式十分類似。

「這是……」

葛倫不可思議地比較著兩張卡片……半晌，一道懷念的記憶就像閃光一樣在他的腦海裡倒轉。

在那張粗糙的卡片上所浮現的，是某個令人懷念的少女的笑容。

同時，從敞開的窗戶吹進來的徐風搖動著窗簾……

窗外一如既往地可以看到櫛比鱗次的銳角屋頂，和典雅堂皇的菲傑德的街景。

以及氣勢雄偉地盤踞在空中的幻影天空城——

──

碰！

「瑟莉卡──！」

那天，一名少年粗魯地推開了阿爾佛聶亞家的客廳大門。

少年約莫十二歲，特徵是即將邁入成長期前的男孩所特有的骨感體格和嬌小個頭，以及尖銳的嗓音。雖然如此年輕，卻穿著阿爾扎諾帝國魔術學院制服。

可是，那名少年憔悴得就像一蹶不振的殘兵一樣，眼眶裡噙著淚珠。

「呼……！呼……！呼……！」

「噢，你回來啦……怎麼那麼慌張的樣子，葛倫？」

客廳裡有一名妙齡的金髮女子。在蠟燭台、壺具、聖畫、地毯等家具的環繞下，女子儀態優雅地坐在桌邊，帶著溫和的表情享用紅茶。

少年忿忿不平地瞪著那名即使是以美貌為傲的女神也會自慚形穢的美麗女子，肩膀一起一伏地調整急促的呼吸，用手背抹掉溢出來的淚水，開口說道：

「為什麼……妳不早點告訴我……我的魔術特性是什麼……!?」

聞言，金髮美女——瑟莉卡一臉苦澀地皺起眉，輕輕地把茶杯放回桌面。

「……原來如此。總算被你知道了嗎？今天學院舉辦了魔術檢查吧？」

『原初之魂』，搶先萬物誕生在這個世上的最初的『一』……它是靈魂的輪迴轉生路徑、『法則之輪』的回歸點，同時也是眾生的生命根源，就在全體人類記憶的回歸之地——集合無意識的第八世界、『意識之海』的最深中心點。

所有的生命，都是源自涵蓋了構成這個世界的所有『概念』的『一』，因此靈魂在誕生之際，『形態』就已經定型了。

那就是所謂的『魔術特性』。

『α概念』顯示靈魂源自什麼樣的概念。

『ω屬性』顯示靈魂具備什麼樣的方向性。

魔術特性的表記格式為【『α概念』的『ω屬性1』・『ω屬性2』】。『魔術』為源自『原初之魂』最初所發出的音色，深受魔術特性的影響。

魔術師一般會利用自身的魔術特性，創造出強大的固有魔術。

但葛倫的魔術特性卻是——

「【變化的停滯・停止】……這種一點用都沒有的魔術特性，到底該怎麼辦啊!?」

沒錯，魔術特性不只影響固有魔術，無論是好是壞，都會對魔術師所施放的一切魔術造成影響。

在絕大多數的情況下，魔術和魔術師會為世界帶來變化與加速。可是，葛倫的魔術特性【變化的停滯・停止】對魔術師而言，可說是完全相反的形態與方向性。

換言之，在他使用各種魔術對世界進行干涉的時候，那個魔術特性經常會拖累他——

「難怪我一直沒什麼進步……明明我那麼努力……可是不管練習多久都學不會一節詠唱……同樣的咒文用了同樣的魔力，我使出來的威力卻總是最弱的……我以前一直想不通為什麼……原因就出在這裡吧!?」

那個過於奇特的魔術特性扯了葛倫的後腿，他往後不管再怎麼努力與修練，都無法成為所謂的『一流魔術師』——這就是葛倫所面對到的殘酷現實。

回想起來，葛倫對於先天性魔力操作的感覺貧乏，說不定也是這個魔術特性所造成的影響。

「我之前就告訴過你好幾次了，你沒有魔術的才能。」

瑟莉卡嘆口氣瞥了葛倫一眼。

「……不過，那是指做為正統魔術師的情況。」

「正統魔術師……？」

「啊啊，沒錯。」

瑟莉卡開導著含淚的葛倫，站起身子。

她湊近呆站在原地的葛倫，溫柔地把他的頭摟進懷裡。

「葛倫……你的魔術特性，確實不適合單純追求力量與真理的正派魔術師。可是……魔術師也是有千百種類型的。」

「…………」

「魔術特性沒有什麼優劣之分。你的魔術特性是你這個人的一部分，是很有特色的個性。沒有什麼好丟臉的。你反而應該覺得自傲才是。」

「…………」

「你非常喜歡魔術，而且你有別人所沒有的獨一無二的才能……這樣不是很好嗎……」

「…………」

「放心吧，葛倫。對魔術師而言，魔術特性確實意義重大，可是並不代表一切。可以補強的方法多得是。或者說，能想出方法來彌補不足之處的智者，才稱得上是魔術師。你只要朝著你個人的魔術師之道前進就可以了。」

瑟莉卡摸摸葛倫的頭，流露出關懷之意。

瑟莉卡說的話，是正確的。

「……我個人的魔術師之道……是什麼東西啊……？」

可是葛倫的年紀還太小，無法接受大人的思考模式。

「我的目標是想成為像瑟莉卡一樣，或者是小說故事裡面所出現的『正義魔法使』啊……我想要可以保護大家的強大力量啊……！我還能拿這種魔術特性怎麼辦啊!?這樣的我不是無法成為『正義魔法使』了嗎!?」

「葛、葛倫……？」

葛倫掙脫瑟莉卡的手，把她推開。

這是瑟莉卡第一次遭到葛倫明確的拒絕，她不禁感到訝異。

「你、你先冷靜下來……好嗎？葛倫，獲得強大力量對魔術師來說確實是一件極為重要的事情……可是利用那份力量去做什麼事，才是更重要的——」

「吵死了！【萬理的破壞‧再生】……瑟莉卡妳擁有這麼強大的魔術特性，怎麼可能理解我的心情！」

「！」

瑟莉卡的魔術特性——【萬理的破壞・再生】。可以破壞所有的物理法則，並且隨心所欲地重新建構，這樣的特性不只能為破壞性攻擊咒文的行使和威力提供無盡的後援，有時候甚至還能破壞、支配絕對不可侵犯的時間法則。

對於一個人類來說，這樣的特性是那麼地卓越超群，獨一無二。

正因為瑟莉卡具備了如此出眾的魔術特性——所以她的安慰沒有辦法打動葛倫的心。

「反正……妳在知道我的魔術特性之後，心底就一直很瞧不起我吧……!?我想也是，我這種貨色看在妳眼底一定什麼都不是……!妳之所以會收留我這種一無是處的廢物，其實只是為了滿足優越——」

葛倫就像個一般孩童般控制不了自己的感情，放聲哭喊——

啪!瑟莉卡一掌打在葛倫的臉頰上。

「——!?」

葛倫一愣，捧著被打了耳光的臉頰仰頭看著瑟莉卡。

「……我要生氣了，葛倫。」

低頭看著葛倫的瑟莉卡表情固然可怕……然而那個表情比起憤怒，更像是傷心難過……是五味雜陳的表情。

「……啊。」

葛倫那如狂風暴雨般的感情瞬間萎靡下來……小小的胸膛裡充塞著害瑟莉卡露出那種表情的罪惡感……他不禁垂低了頭……

但是，無法完全遏止的感情讓葛倫全身不停顫抖……

「～～～～～！」

於是他轉身背對瑟莉卡，逃也似地衝出了客廳。

後來……葛倫在連自己也難以理解的感情驅使之下，衝出了瑟莉卡的屋子，漫無目的地在菲傑德的街頭遊蕩。

菲傑德是大都市。

有著華麗的光明面，自然也有危險的陰暗面。

現在葛倫誤闖的那個地區，正是陰暗面的象徵——貧民區。

在那髒亂且治安惡劣的地區中，葛倫懷著自暴自棄的心情，垮著肩、意志消沉地走在平時絕不會輕易靠近的地方。

那個契機，其實只是一樁芝麻小事。

走路不注意看路的葛倫，在和三名看起來就像小混混的不良少年擦肩而過時，因為不小心撞到對方肩膀之類的小事情，而被對方找碴。

心情惡劣到極點的葛倫自然不可能給對方好臉色看，不良少年們一下子就被激怒，氣得七竅生煙。

葛倫馬上就被態度凶惡的三人團團包圍。

感到威脅的葛倫為了自保，立刻試圖發動魔術，然而——

「《年幼的雷精啊‧以汝的紫電衝擊‧擊倒敵——》」

「少瞧不起人了，你這死小鬼——————！」

其中一名不良少年突然揮拳把葛倫打倒在地。

「——啊、啊啊……!?」

「你在那邊碎碎唸什麼莫名其妙的東西啊，喂，啊啊……？」

「小鬼也敢跟我們囂張啊？啊啊？」

不良少年咒罵、嘲笑著腦袋受到重擊，站都站不起來的葛倫。

接下來的發展可想而知。

無力抵抗的葛倫遭到三名不良少年的毆打、踢踹、踩踏……

「呀哈哈哈哈——!?唉唷!?媽咪當初怎麼沒有教人家啦!?」

「沒有教人家雜魚不可以一個人走在這麼危險的地方——!?」

「哇哈哈哈哈!?什麼東西啦，超好笑的！」

在這意識模糊且口齒不清的情況下，根本沒辦法唱咒。

無數次的拳打腳踢就像是大浪一樣衝擊著身體，葛倫只能咬牙忍耐。

（……我……連這種程度的傢伙……也打不贏……嗎……？）

葛倫一邊挨揍，一邊茫然地想著。

三節詠唱的咒文被對方揮出的第一拳打斷了。

如果那是一節詠唱的話……那個咒文絕對來得及發動，葛倫應該會反過來打倒這三個不良少年才對。

可是葛倫不會一節詠唱。

絕大部分的咒文，葛倫如果不用三節以上的句子來詠唱，就無法正常發動和控制。

之所以會如此，也是因為……

（……我的魔術特性……是【變化的停滯・停止】的關係……）

魔術是介入世界法則，為世界帶來變化的技術。

然而葛倫的魔術特性卻時時在抑制那個世界的變化。所以葛倫必須耗費比別人更多的節數和魔力在咒文上，否則無法達成想要的變化。

對於崇拜世界最強魔術師瑟莉卡，以及小說故事裡的『正義魔法使』的少年來說，這樣的落差簡直是天壤之別。

雖然輸贏不是只看實力，機運也很重要，而且勝敗乃兵家常事，但是葛倫本就已經深受打擊了，現在竟然還敗給了不良少年，這樣的事實徹底重挫了他的信心。

就在他想著這些事情的時候，不良少年仍然毫不留情地對他施暴。葛倫已經渾身是傷，漸漸搞不清楚侵犯全身的這種疼痛是怎麼一回事了。

（……反正……像我這種人……）

意識即將開始變得白茫一片。

自暴自棄的葛倫想著乾脆就此昏死——

就在這時……

「你們還不住手。」

一道銀鈴般清脆的嗓音凜然響徹了四周。

「……我認為欺負弱小可不是什麼值得誇獎的行為喔。」

沉浸在施暴的短暫歡愉中的少年們聽到那道聲音，瞬間停止了動作。

趴在地上的葛倫好奇地慢慢抬起頭。

只見一名少女出現在眼前。

少女的年紀比葛倫稍長。大概十五、六歲左右。

少女戴著髮箍，壓住東翹西翹亂七八糟的金褐色中短髮。一雙眼尾上揚的大眼讓人聯想到流浪貓，鼻梁高挺，豐滿且教人喜愛的嘴唇漾著從容又可愛的笑靨。

從看似便宜貨的無袖背心和短褲露出來的修長四肢十分緊實，充滿健康的氣息。雖然她有一副纖瘦少女特有的肩膀，可是她的體格和一舉一動，卻帶著說不上來的自信和氣派。

這樣的少女無所畏懼地介入了這個暴力的現場。

「欸!?妮娜!?」

「妳怎麼會在這裡……!?」

看到那名少女，不良少年們明顯亂了陣腳。

「我在哪裡是我的自由吧？話說回來那個小弟弟……看起來應該是富有人家的少爺，很可憐耶？你們就放過他吧。」

雖然不良少年們明顯地害怕著這個名叫妮娜的少女……可是要人多勢眾的男生，乖乖聽一

個女生的命令就此住手……這種充滿屈辱的選擇似乎令他們有強烈的抵抗感。

「少、少、少囉嗦!?妳以為妳是誰啊，敢指使我們，啊啊!?」

「看我們修理妳！」

三個少年大聲叫囂後，衝向了少女。

他們各自掄起拳頭，或是掏出匕首，向少女發動攻擊——

那副模樣，看起來就像戰場上走投無路的士兵最後豁出性命做出捨身攻擊一般。

不過，實際上卻是三個男的打一個女的。

一般而言，最有可能的結果就是少女輕輕鬆鬆就被三個少年制伏，並且慘遭蹂躪。

「唉……你們為什麼這麼容易衝動啊……」

可是不知不覺間自然地擺出側身架式的少女，輕輕地擺動身體。

她俐落地閃過率先揮拳而來的少年，在雙方擦過身的瞬間抓住對方的手——

「——呼！」

——手一扭，華麗地將少年給摔了出去。

少年的身體在半空中縱向旋轉——而在他摔落到地上之前……

「哈！」

少女搶先用右手畫圓架開第二個少年的匕首，同時向前跨步，以左掌猛烈地重擊他的下巴

——

「呀啊啊啊啊啊——！」

接著少女以左腳為軸心，像陀螺一樣旋轉——使出旋風般的上段後迴旋踢，一腳踹中第三個少年的延腦。

這一連串的行動全都發生在短短的幾秒鐘內。

不良少年們三兩下就失去意識，趴倒在地上。

目睹讓人懷疑自己眼睛的事發過程，葛倫整個人都傻了。

「……你沒事吧？」

少女走向葛倫，伸出了手。

「我叫妮娜……請多指教。」

少女咧嘴一笑，露出了虎牙，看起來不知怎地有些迷人。

那就是葛倫和那名少女——妮娜認識的契機。

「哦……原來你叫葛倫啊。」

妮娜牽著葛倫的手走在貧民街中。

那模樣看起來，就像是姊姊正在照顧著無法自立又頑皮的弟弟一般。

葛倫被那群不良少年修理得很慘。妮娜宣稱要幫他療傷，二話不說地拉著他走。

葛倫當然也會簡單的法醫咒文，雖然會需要一點時間，可是這點程度的傷勢，他自己也能夠治得好。

問題是傷口被泥土汙染得十分嚴重。如果直接把傷口填起來，會有將異物封進體內的風險，也可能會引發感染症。雖然有可以從體內摘除異物和消毒的白魔術，可是對現在的葛倫來說難度太高了。

無論如何，傷口需要洗淨和消毒。

葛倫只能和妮娜有一搭沒一搭地閒聊著，乖乖地跟著她走。

「哦，你是那個阿爾扎諾帝國魔術學院的學生……是未來的魔術師啊，好厲害！……咦？那你剛才怎麼會打輸……？」

「煩、煩死了！我……不，本大爺如果拿出真本事，那種傢伙根本不堪一擊！」

面對漲紅著臉嘴上逞強的葛倫，妮娜只能回以苦笑。

「嗯，說得也是。如果你使出真本事，應該就能打贏他們了。」

「可惡，閉嘴啦……妳不用在那邊口是心非了……」

氣呼呼的葛倫終於發飆了。

「……嗯？沒有啊？我是真的認為你可以打贏他們耶。」

「……？」

「你……有在練什麼格鬥技吧？而且還不是隨便練練而已。」

被妮娜一語道破，葛倫不禁噤口。

「像這樣牽著你走我就感覺得出來了。你的手不是一朝一夕就可以練得出來的。而且從你的運步來看……我猜……你練的應該是拳擊吧？」

妮娜說中了。『男孩子必須文武雙全』——這是瑟莉卡的教育方針，因此葛倫在瑟莉卡的指導下，接受了相當嚴格的拳擊訓練。

葛倫的天分甚至優秀到，瑟莉卡似乎想勸他放棄一流魔術師的夢想改行當拳擊家。

「這樣的你會打輸給那種程度的傢伙，應該是你太掉以輕心……不然就是有什麼難以發揮實力的苦衷吧？」

「妳很吵耶……妳到底是什麼人啊？」

「啊哈哈，我現在待的這間孤兒院，院長是退伍的士兵。所以我跟你一樣，也練得挺認真的喔……我指的是帝國式軍隊格鬥術。」

「軍隊格鬥……？女、女人練那個到底是要幹嘛……？」

當葛倫不假思索脫口而出的瞬間——

對這個問題敏感地產生反應的妮娜，立刻轉身面向葛倫。

「……因為我想要『力量』。」

「咦……？」

「……我希望可以保護大家啦……」

這樣說著的妮娜表情安穩，卻也十分認真、誠懇。

葛倫不禁被妮娜的那張側臉深深吸引，整個人發起愣來，這時……

「好，我們到了。這裡就是我住的孤兒院。」

一棟與貧民區氣氛相符的破舊建築出現在葛倫面前。

「啊，是妮娜姊姊！」

「歡迎妳回來，姊姊！」

在孤兒院的小庭院裡迎接妮娜和葛倫的人，是一群年紀未滿十歲，比葛倫還小的少年少女們。

「小蘿蔔頭們，你們有乖乖聽話嗎？」

妮娜開懷地向小孩子們打招呼。

「嗯，我們有乖乖聽話～」

「有啊～」

「欸欸，妮娜姊姊，那個全身髒兮兮還受傷的哥哥是誰呀～？」

「是誰～？」

小孩子們的注意力轉移到被妮娜牽著手的葛倫身上。

「啊～我知道了～！他一定是姊姊的『男朋友』～！」

「呀～！姊姊好成熟喔～！」

「嗯……他喔，年紀還太小了，吸引不了我啦。不過他臉長得還算滿帥的……期待之後的成長囉？」

妮娜和小孩子們突然開始起鬨，令葛倫感到厭煩。

「好了，小蘿蔔頭們，晚餐時間快到了喔。不可以一直玩耍，快點去幫忙阿爾多爸爸。」

「「「好～」」」

妮娜催促後，小孩子們感情融洽地一口答應，一溜煙地往孤兒院內跑。

葛倫不太高興地目送小孩子們離去。

「妮娜……妳好像挺受其他人仰慕的嘛……？」

「因為我是這裡年紀最大的，從小時候就在照顧那群小蘿蔔頭了。」

「這裡是什麼樣的地方？為什麼會有好多年紀那麼小的人……？」

「哈哈，我不是早告訴你這裡是孤兒院了嗎？被父母拋棄的孩子、父母過世的孩子、難民、戰爭孤兒……這裡是專門收留因為種種理由而變得孤苦無依的孩子們的地方。」

「…………」

「坦白說，這裡的日子過得很苦。政府的補助金少得可憐。不過不夠的部分，院長會拚命去募款，我也會去打工賺錢，大家一起種家庭菜園什麼的……好不容易才維持在大家不會餓肚子的程度。雖然沒辦法買足夠的衣服，也沒有餘力去上學……不過至少我們還能像這樣一同笑嘻嘻地生活……目前啦。」

親眼看到社會的現實後，葛倫深刻地體認到，自己能被瑟莉卡收養是何等幸運的一件事。

「……抱歉，好像把氣氛搞得有點太沉重了。跟你講這種事情，你聽起來也只覺得是在挖苦吧。我沒有那個意思就是了……」

「……我……我沒有放在心上。」

「是嗎？總之先幫你療傷吧。」

被帶進孤兒院的葛倫在大廳接受妮娜的治療。

妮娜使用從貧民區廣場的公共水道打回來的水，仔細地替葛倫清潔傷口。

「……妳的技術也太純熟了吧……」

「因為小蘿蔔頭們在院子裡跑來跑去很常受傷嘛。」

妮娜把在後院摘回來的消毒藥草搗碎，以高明的技巧擠出汁液，然後塗抹在葛倫的傷口上。

雖然覺得很刺痛，可是礙於有年紀比自己小的小孩子在看，葛倫逞強假裝一點感覺也沒有。

「……好，消毒到這應該可以了吧。再來……」

「這樣就可以了，妮娜。清潔過後就可以使用魔術了。」

說完後，葛倫從椅子上站起來，開始唱咒。

「……《善良的天之使者啊・願安祥與救贖的神力・撫慰我那受傷而疲憊的身體吧》。」

只見葛倫的身體綻放出淡淡的光輝——傷勢瞬間開始復原。

全身的擦傷漸漸癒合，臉部的腫脹和挫傷的痕跡也慢慢消退了。

「——!?」

妮娜看得目瞪口呆。

花了約莫五分鐘的時間後，葛倫的傷勢完全恢復了。

（……這點程度的傷也要花五分鐘啊……我果然沒什麼才能嗎……？）

葛倫鬱鬱寡歡地對發揮了作用的魔術進行識域解放後。

「……你、你也太厲害了吧!?」

妮娜興沖沖地上前握住葛倫的手。

「那就是所謂的魔術嗎!?我還是第一次見識到呢！以前只有聽說而已……沒想到這力量真的很強大呢！嗚哇！嗚哇！」

妮娜在傷勢完全康復的葛倫身體上東摸西摸，細細感受著她剛剛親眼目睹到的，令人不可置信的奇蹟。

……被她這樣一摸，葛倫都快羞死了。

「住手，不要摸了……到底哪裡厲害了啊。」

葛倫嫌惡地和妮娜保持距離。

「根本爛死了，一點都不厲害。花了都快五分鐘耶。這種程度的傷，和我……和老子同期的學生只要一分鐘……技術更純熟的人只需一瞬間就能完成好嗎？」

葛倫生悶氣似地用鼻子哼了一聲，對妮娜的誇獎嗤之以鼻。

這不是在裝謙虛。而是鐵錚錚的事實。

剛才那一幕如果讓那個學院的學生看到，他們肯定會把葛倫當作笑柄笑說『連這種程度的傷勢也要治療那麼久！』。

可是——

「對你們學習魔術的人來說或許是這樣沒錯啦！可是——我們根本連那種事都做不到喔!?

嗯，果然很厲害！」

妮娜卻還是露出天真的笑容，大方稱讚葛倫。

「真羨慕……如果我也有這樣的『力量』就好了……」

妮娜一臉欽羨地說道，這時——

「妳回來了嗎，妮娜……唔，這名少年是……？」

一名看起來很和善、年紀約四十幾歲的男子進入了房內。

「啊，我回來了，阿爾多父親。他是葛倫。我在路上撿回來的。」

「注意，妮娜，講話不可以那麼難聽。」

被責備的妮娜嘿嘿嘿地裝傻，然後向阿爾多說明事情的來龍去脈。

「……原來如此。那真是一場災難呢，葛倫。」

掌握事發經過的男子開口向葛倫表示同情。

「這一帶有不少血氣方剛的人……像你這樣的小孩，在外得特別留意才行喔。」

「是、是的……對不起……」

「哈哈哈……不需要跟我道歉。你應該多想想那些會為你受傷而感到難過的人。」

阿爾多說起話來是那麼地沉穩又成熟，葛倫只能點頭附和。

「……那麼，葛倫。不好意思我們這裡只是個破舊的小地方，請慢坐……雖然我很想這麼說……可是時間這麼晚了，你不趕快回家的話，家裡的人會擔心的……妮娜。」

「嗯，我知道了，父親。我送葛倫回去。」

「不、不用啦……不需要特地送我一趟……」

「可是……你知道怎麼回去嗎？」

「…………」

事實被一語道破，葛倫啞口無言。

當初他來到這個貧民區的時候情緒激動，根本不記得路怎麼走。

「啊哈哈！那就這麼說定了！好，我們走吧，葛倫！」

葛倫和妮娜並肩緩步走在染上了一層暮色的街道上。

兩人默默不語，一路追逐著長長地向前延伸的影子……

「……那個人感覺很溫柔呢……」

因為總覺得氣氛怪尷尬的，想找點話題聊的葛倫開口說道。

「……你是說阿爾多爸爸嗎？」

「嗯。」

「是呀。他收留、照顧孤苦無依的我們，真的是很了不起的人。」

妮娜輕聲笑著回答。

「……不過別看他現在一副和藹的樣子，他以前可是帝國軍人呢。有時候發起脾氣來超可怕的。」

「是嗎……？」

葛倫完全無法想像那個聖人般的男子生起氣來會是什麼模樣。

「他好像是因為任務途中發生事故才退伍……從軍時代他似乎碰到了很多戰爭孤兒……所以才決定要把剩餘的人生奉獻在無依無靠的小孩子身上。」

「……完全就是聖人嘛。」

葛倫愈來愈無法想像他生氣的模樣了。

「可是……爸爸他為了保護我們……保護家人……也吃了很多苦頭。」

「……家人……」

葛倫的腦海裡浮現了一名被他的殘酷話語傷害到、惹人憐愛的金髮女性身影。

「你也要好好珍惜自己的家人。千萬不可以把人家對你的保護視為理所當然喔～？」

「這、這種事情我也知道啦。用不著妳多管閒事！」

「那就好。因為你怎麼看都像是跟家人吵架離家出走的那種小孩。」

「為、為什麼……妳看得出來啊……？」

「像你這種好人家的少爺會擺著一張苦瓜臉漫無目的地在這種地方閒晃，除了賭氣離家也沒有其他理由了吧？……回家後要乖乖跟家人道歉喔。」

看到妮娜擺起大姊姊的架子，葛倫感覺很不是滋味。

「不要把我……把老子當小孩子看待啦……」

「你這樣就很像小孩子呢，真的很愛逞強耶。」

不過也很可愛就是了，妮娜微笑著說道。

這樣是哪樣啊……一頭霧水的葛倫不滿地生起悶氣。

不久後——

兩人來到某處交叉路口。

不知不覺間，他們走到了頹圮的街區盡頭，葛倫眼熟的景色就出現在不遠的前方。

「……送到這裡就可以了，妮娜。」

葛倫停下腳步向妮娜說道。

「從這裡開始我就可以自己回去了。那個……謝謝妳……」

「呵呵……不客氣。有困難的時候本來就要互相幫忙嘛。」

「……嗯。再見了。」

離別的時刻到了。

只是短暫相遇的葛倫和妮娜就此分離……從明天起再次邁向歧異的人生道路。

他們是住在不同世界的人。

兩人往後的人生應該不可能會再出現交集了吧。

當葛倫向妮娜告別，轉身離開的時候……

「嘿！葛倫！」

妮娜突然從葛倫背後叫住了他。

「……怎麼了？」

葛倫轉頭一瞧，只見妮娜露出心意已決的表情。

妮娜走向一臉困惑的葛倫，把手搭在葛倫兩邊的肩膀上。

「嗯……直到剛才為止，我一直很猶豫到底該不該說……可是，我果然還是覺得，今天跟你的相遇——對我而言是註定發生的命運！」

「……啥？什麼啊⁉」

葛倫不禁被妮娜那唐突的告白給嚇傻了。

被妮娜用苦悶的溼潤眼眸直視著，葛倫的心臟不受控制地加速狂跳。

「今天的相遇……我不希望讓它變得從未發生過……」

「可、可……可是……⁉我、我和妮娜的年紀有段差距——」

「……不會啦，我覺得這種事情跟年紀沒有什麼關係呀……？」

妮娜雖然靦腆地漲紅了臉，不過表情還是笑咪咪的。

葛倫的臉一瞬間就泛紅了。

像這樣近距離仔細一瞧後，葛倫再一次察覺到……妮娜是個超級美少女。如果她把自己打扮得光鮮亮麗出席在社交場合上，想一親芳澤的人肯定不計其數。

被如此貌美年紀又比自己大的少女示好，葛倫的思緒漸漸開始沸騰……

「欸，葛倫……我有一個要求……可以聽我說嗎……？」

「嗯、嗯……」

「葛倫……我……」

——幾天後。

「我回來了！」

放學後，一如既往從阿爾扎諾帝國魔術學院返回瑟莉卡家中的葛倫，直接把書包扔在玄關大廳，掉頭就走。

「我出門了！」

「喂喂喂，你最近是怎麼了？」

瑟莉卡傻眼地從葛倫背後叫住他。

「……這陣子你一放學回家就又馬上出門哪。到底上哪兒去了？」

「嗚……秘、秘密……」

「是嗎？……算了。不要太晚回來喔？」

「我知道啦！」

瑟莉卡露出溫柔的表情目送著匆忙離去的葛倫。

「……雖然不曉得發生了什麼事……總之他能重新振作起來就好。」

瑟莉卡莞爾一笑。

「能讓一蹶不振的男孩子如此沉醉，連之前的打擊都拋到了腦後……原來如此原來如此……這樣看來果然是……女人嗎？」

瑟莉卡咯咯咯地笑了。

「原來如此……葛倫那個呆頭鵝竟然也……已經到那個年紀了嗎……小孩子還真的一下子就長大了哪……」

瑟莉卡接著哈哈笑了起來。

「哎呀～做母親的真的很開心呢……好了。」

瑟莉卡雖然一副開懷大笑的樣子……

「…………我特製的魔術燒夷劑收到哪裡去了？」（低聲嘀咕）

…………可是從她的眼神卻看不出一絲笑意。

葛倫前往了平常的老地方……貧民區入口附近的廣場。

「唷，葛倫。」

妮娜坐在廣場噴水池的邊緣等著葛倫。

「……抱歉，妳等很久了嗎？」

「不會啊。我也是剛剛才到。」

妮娜向難為情地把頭別向一旁的葛倫露出開心的笑容。

「那我們這就出發吧。」

「……嗯、嗯。」

於是，兩人忸怩作態地結伴離開了廣場——

然後一如既往地——

「……所以說，妮娜。不是這樣……啊啊，真是的，這裡也搞錯了啦……」

「唔……還真難……」

妮娜在孤兒院食堂的餐桌上攤開教科書和筆記本，在葛倫的指導下，她一邊愁眉苦臉地呻吟，一邊努力學習。

這就是妮娜的『願望』。

那天兩人要分開的時候，妮娜看葛倫是魔術學院的學生，想必學識豐富，所以拜託他教自己讀寫和算數等非常基礎的知識。

其實妮娜也要求過葛倫教她『魔術』，可是魔術的基礎是建立在對萬般自然理學的理解之上，沒有上過學的妮娜自然不可能做得到，而且規定上是不能隨便教一般人魔術的，因此葛倫鄭重地拒絕了那個要求，然而……

「……唉……真是的……那天我居然會產生一絲期待，真的是笨死了……」

「嗯？你在說什麼？葛倫。」

「……沒事。繼續下一題吧。二位數的乘法計算。」

「嗚～呃……8×3是21……還是25，所以……？」

「是24。」

「對對對！所、所以18×33是……這裡用你教我的筆算法……」

「我先告訴妳，二位數以下的相乘沒有人會一題一題動筆去算的啦。應該要通通背起來才對吧？我們學院的學生都是這樣喔？」

「嗚……別、別把我跟你們混為一談啦……」

看到妮娜氣呼呼地鼓起腮幫子，葛倫不禁苦笑。

於是在諸多因素下，年紀比較小的葛倫教年紀比較大的妮娜讀書——這段有些微妙的時光，依然持續下去。

不久後，妮娜總算完成了葛倫指定的今日課題。

「今天也謝謝你的指導了，葛倫。」

「……不客氣。」

她闔上教科書和筆記本，吐出一口氣。

「嗯……葛倫說得對，二位數以下的乘法應該還是用背的比較方便……嗯。好，從今天起我每天都來默背好了。」

「唉……妳連個位數的乘法都背得支離破碎了，還開什麼支票啊。」

「嗚……要你管……之後我會認真背起來的。等著瞧吧～」

和葛倫在一起時，妮娜的表情變化豐富，怎麼看都不覺得膩。

可是……

「話說回來……妮娜……為什麼妳那麼想要讀書啊？」

看到妮娜馬上重新打開筆記本開始複習，葛倫提出了之前就隱約感到好奇的問題。

沒錯，妮娜的學習欲高到有點不正常。

「讓我這種年紀比妳小的人教……妳不會覺得排斥嗎？」

「啊哈哈……我是覺得自己有一點糗沒錯啦……連小蘿蔔頭們也都笑我說『妮娜姊姊，※妳被騎到頭上了～』……」（編註：日文原文是「尻に敷かれる」，多用於形容被妻子騎在頭上的丈夫。）

「那是怎樣……對男女情事的瞭解也該有個限度吧。」

「哎，不提那個了。你想知道我請你教我讀書的理由吧？那是因為……我想要『力量』吧？」

「『力量』……？這麼說來，妳以前也說過類似的話吧。」

葛倫訝異地瞥了妮娜一眼。

「那到底是什麼意思啊？」

妮娜沉默片刻後，喃喃開口了：

「欸……葛倫。你覺得這間孤兒院的現狀如何？」

「就算妳問我看法，我也……」

「……這間孤兒院……其實有可能會倒閉……」

「!?」

葛倫露出驚訝的表情注視著妮娜。

妮娜頭垂得低低的，眼睛被瀏海遮住，看不見表情。

「孤兒院經營起來果然很吃力吧……政府發放的輔助金全都拿去付土地費和房子租金之類的費用了……當然，我不是說立刻就想要做什麼事，可是……」

聽了妮娜突然提起的沉重話題，葛倫完全說不出話來。

「如果這間孤兒院倒了……我們就得被迫在這個世界流浪……沒有任何『力量』、軟弱無力的我們只能流落街頭……到時，我……還有那群小蘿蔔頭……」

「妮娜……」

「所以，葛倫……我渴望『力量』。不管是軍隊格鬥術……還是課本的知識……無論是什麼『力量』……我想要能和這個難以生存的世界對抗的『力量』……只要能保護爸爸和大家……保護家人……我願意使用任何『力量』。」

妮娜定睛凝視著遠方，她的眼睛綻放出耿直意志的光芒。

「願意用任何『力量』來保護……？」

「沒錯。保護大家……那對我而言是最重要的事情。為了這個目的，我可以不顧一切喔？哪怕得付出多慘的代價，哪怕會被外人在背後指指點點，我都無所謂。如果暴力可以幫我保護大家，我也不排斥使用。如果知識可以幫我保護大家，我也願意低頭向年紀比我小的你虛心求教。」

「…………」

一時之間，葛倫露出被吸引般的表情，注視著妮娜的側臉……

「……哼。那妳只好拚盡全力加油了吧。」

然後如同要掩飾什麼一般，他冷冷地把頭撇向一旁，身體向後仰讓整個背部貼靠在椅子上。

「雖然……我不認為這種程度的初等教育知識能發揮什麼作用啦……不過如果妳想學的話，我就把我會的全部教給妳……」

「啊哈哈，嗯，謝謝你，葛倫。啊，可以順便教我魔術嗎……」

「我回答過好幾次了，唯有魔術我沒辦法教妳……要是被發現的話，我的人生就完了。」

「噗～葛倫超小氣。嗯……不然這樣如何？……可愛的我可以和你接吻，不過每親一次你就要教我一個咒文……」

「當、當、當然不行啊!?開什麼玩笑！」

那似乎真的只是用來調侃葛倫的玩笑話，看到葛倫面紅耳赤、驚慌失措的模樣，妮娜開心地笑著。

「話說回來……雖然葛倫你的風格還滿斯巴達教育的，可是你很會教人呢。」

「……咦？是、是這樣嗎……？」

「嗯。未來你可以考慮當教師了吧？」

「哼，開玩笑！我想當的是『正義魔法使』好嗎——……啊。」

不小心說溜了嘴，葛倫露出苦澀的表情。

「……？『正義魔法使』……？……那是什麼？」

「沒、沒、沒有啦……趕快忘了吧……」

「什麼嘛～？好 令 人 好 奇 喔～？說給妮娜姊姊聽嘛？我保證不會笑你！」

「就說沒什麼了啦！嗚哇！不要鬧了！別抱我！」

「啊哈哈哈哈哈！葛倫臉紅紅的好可愛～！」

葛倫像是愈來愈不開心般鬧起了彆扭。

——深夜。

在位於瑟莉卡屋內一角的葛倫房間。

葛倫坐在桌前，埋首於堆積如山的魔術書和魔術論文中。

以發出淡淡火光的油燈做為照明，葛倫一邊側眼參考著書本和論文的資料，一邊默默地在桌上進行著某項作業。

「……只要能保護大家……不管是什麼『力量』都願意使用……嗎？」

作業進行到一半，葛倫忽然想起白天妮娜說過的話。

葛倫之所以會心血來潮地做這種作業……說不定原因就在於妮娜的那席話吧。

忽然一陣疲倦和睏意襲上心頭，葛倫停下手邊的作業伸了個懶腰。

「噢噢……這麼晚還沒睡，你還真拚啊……」

這時，手上拿著蠟燭台的瑟莉卡輕輕地走進了房間。應該是不放心葛倫熬夜所以才進來查看的吧。

「……你在鑽研魔術嗎？」

「不……也不算鑽研啦……其實我在設計新的魔術。」

「……什麼。你已經到達那個領域了嗎……很厲害嘛。」

得知愛徒有了驚人的成長，瑟莉卡帶著又驚又喜的表情湊到葛倫身邊，從他頭頂窺看桌面。

「……呃……這是什麼？」

桌面放著一張類似卡片的東西，上面有看起來還沒畫完的塗鴉。

「……沒、沒什麼……不要隨便偷看啦。」

卡片四周擺放的是魔術藥劑和顏料、烙鐵和筆以及調色刀等畫具器材。

顯而易見，葛倫剛才是在忙著畫那幅奇怪的塗鴉。

「……也罷，雖然我不知道你在創造什麼魔術……加油吧。」

「沒有啊……我只是在打發時間而已。」

「是嗎？等魔術完成，一定要拿來給我瞧瞧喔？」

「我才不要……反正這麼愚蠢的魔術我一輩子都不會拿來用，也不想用。」

「……？」

瑟莉卡滿頭疑惑地離開了房間。

儘管口頭上宣稱「只是打發時間」，可是在葛倫累到直接趴在桌上睡著前，他一直忙著進行作業，完全沒有停手。

日復一日，他一點一滴地慢慢畫著那張奇怪的圖，直到三更半夜。

——只要能保護大家，不管是什麼『力量』，我都願意使用。

妮娜的話一直迴蕩在葛倫心頭，像是被那番話驅使一般，他鍥而不捨地持續畫了下去。

…………

日子一天一天過去。

葛倫和妮娜從相遇的那一天起便一直持續交流著。

因為成績是吊車尾，葛倫在學校總是抬不起頭，找不到屬於自己的容身之處，對這樣的他而言，每天能和妮娜一起度過原本寂寞的放學後的時光……倒也不是一件壞事。

對妮娜來說，雖然葛倫年紀比較小，可是他也不是那種凡事都需要她照顧的小孩子，而是能站在平等的立場上相處的重要朋友。

兩人的情誼一下子就加深了。

葛倫十二歲。妮娜十五歲。如果是大人，三歲的差距或許沒什麼大不了的，可是以當時那個年紀而言，已經算是不小的差距了，兩人雖然沒有往戀愛的關係發展，不過還是成為了能互相瞭解的好朋友。

然而——葛倫這段帶著淡淡酸甜滋味的青春歲月，隨著某一天某個人物的出現，唐突地宣告結束了。

…………

（是說，妮娜真的吸收得很快呢……而且又非常勤學……尤其是數學，我已經沒有東西可以教她了……）

葛倫一邊思考今天的教學菜單，一邊按照往例前往孤兒院。

妮娜似乎擁有數理和計算方面的才能。現在她已經完美地學會了二位數的乘法，單論心算速度的話，她和葛倫平分秋色。因為數學變強的關係，她能做的打工類型也跟著大幅提升了。之前妮娜提起這件事還非常得意。

其實妮娜本來腦筋就十分聰明。她只是沒有受過正式的教育而已。

（太可惜了……如果那傢伙生長在富裕的家庭，有在好的學校接受教育的話……）

當葛倫苦笑著思考，準備一如既往地穿過孤兒院大門的時候──

「──麻煩您離開吧！」

一道巨大的聲音撼動了整間孤兒院，葛倫嚇得當場跳了起來。

他戰戰兢兢地打開玄關門，躡手躡腳地走進去，偷看會客室裡面的情況。

圍坐在會客室中間的桌子四周的，除了一臉殺氣騰騰的阿爾多，和尷尬地坐在他身旁的妮娜以外……

還有……

「……呵呵，阿爾多先生，你這話也說得太自私了吧……我只是提出了理所當然的要求而已喔……？」

一個體態均衡、看起來約四十多歲的男子坐在他們倆的正對面。雖然他長得慈眉善目，卻隱隱流露出一股狡猾、不能放鬆警戒的氣息。

「妮娜本來就是我的親生女兒……她必須繼承我的維納斯商會。想把妮娜帶回我們家，是那麼不自然的要求嗎？」

四十多歲的男子面露幾分假惺惺的笑容，輕描淡寫地說道。

「這種話你也說得出口……！當初是誰嫌棄妮娜是私生女，沒有提供任何援助便把幼小的她當做燙手山芋從家裡趕出去，硬要我收留的啊──!?」

阿爾多的憤怒和面容，就如同爆發的活火山一般。

明明他憤怒的對象不是葛倫，葛倫卻光看著就害怕得忍不住發抖。

「現在你卻因為嫡子病死了，所以要把她帶回去？你兒子去世我也感到很遺憾，可是你的做法真的太過粗暴了！達利歐先生，你到底把小孩子當成什麼了──!?」

聞言，一個站在名叫達利歐的四十多歲男性旁邊，年約二十歲左右的青年動氣了。

「老傢伙……你不過是個小小孤兒院的院長，對伯父大人的態度也太放肆了吧……!?」

青年感覺也不是什麼等閒之輩，給人蛇一般的印象。

「可憐的窮鬼。唉……你知道自己的立場嗎？維納斯商會若有心的話，要毀掉這間孤兒院根本易如反掌喔……？」

「嗚……!?」

被抓住了把柄，阿爾多雖然帶著彷彿連鬼也照殺不誤的表情，也只好靜靜地不吭一聲。

（維納斯商會……？）

葛倫皺起眉頭。這個名字就連葛倫也有所耳聞。

那是一個有諸多負面傳聞，以專做傷天害理的生意而聞名，勢力非常龐大的商會。

「好了……不要那麼激動，達里。」

達利歐安撫了恐嚇阿爾多的青年後，繼續接著說道：

「咳，抱歉，我的部下失態了……阿爾多先生，我先回答你的問題吧……我把小孩子當成什麼？這個嘛……我的回答是──『棋子』。」

「……你說什麼!?你這人根本壞到骨子裡去了……!?」

「不過我需要的是能為我帶來財富的『優秀棋子』……以我自身的立場，我之所以會想要把妮娜帶回家，不單只是因為她是我的親生骨肉。我讓部下事先調查過了，聽說我女兒妮娜在這種惡劣的環境下，依然具備了相當不錯的學問……在計算方面的表現尤其傑出……」

「!?那、那是……！」

「既然她已經奠定了基礎，那訓練起來就簡單多了。只要由我親自向她灌輸經濟方面的知識，日後她必能成長為有資格繼承我們商會的『棋子』，為我們帶來更龐大的財富與權勢吧……我實在太感激你了，阿爾多先生。」

口蜜腹劍——這世上應該找不到第二個更適合用這句話來形容的男人了吧。

「阿爾多先生……既然你自認自己在扮演父親的角色，難道你不該把孩子的幸福擺在第一位來考量嗎？我認為，與其讓妮娜待在這種貧窮的孤兒院荒廢人生，放手讓她回歸到我們的世界能獲得上百倍的幸福呢。只不過……今後你就再也見不到妮娜就是了。」

「什麼……!?那是什麼意思……!?」

「這不是當然的嗎？我女兒妮娜日後將做為我的『棋子』繼承商會。像她這種身分的人，如果被人知道她曾待在這種貧賤階級的市民巢穴，勢必會傷害到商會的門面。所以我禁止妮娜今後再跟這間孤兒院有任何來往。」

只見阿爾多全身不停發抖，拚命壓抑滿腔的怒火。

不久，阿爾多徹底放下了憤怒，用格外冷靜的聲音發言：

「……這件事不能只看我一個人的意思……這是妮娜的人生……我們應該要尊重妮娜的意見吧？」

「所言甚是。」

聞言，達利歐把視線移向始終低著頭沉默不語的妮娜。

「妮娜……我的女兒……妳想怎麼做？」

「…………」

「跟我一起走，妳就能擺脫這種淒慘的生活了喔？可以享用美食，可以擁有妳想要的所有東西……以後再也不需要穿那麼窮酸的衣服了喔……聰明如妳，應該知道怎麼做才是對的吧……？」

葛倫覺得那個男人真的是笨得要死。

那個教人看了就不爽的死老頭明明調查過妮娜的事情，但對於妮娜有多麼深愛阿爾多和這裡的小孩子以及這間孤兒院，似乎一點概念也沒有。

他真以為那種騙三歲小孩的爛餌能讓妮娜上鉤嗎？

當葛倫在內心裡不屑地嘲笑著的時候——

只見妮娜突然抬起臉……向達利歐盈盈一笑……

「好的！我願意隨著父親大人一起離開！我還不懂事，今後請多多指教！」

然後喜上眉梢地說出了令葛倫不敢置信的話——

「什麼——」

葛倫感覺像是被人重擊了後腦勺一樣，震驚得說不出話來。

「……這就是妳做出的決定嗎？妮娜……」

沒有憤怒也沒有哀傷，阿爾多就像是認清了事實一般喃喃詢問道。

「是的。我要繼承維納斯商會。謝謝你過去的照顧，阿爾多先生。」

「…………是嗎？請自己多保重，妮娜小姐。」

妮娜和阿爾多把彼此當外人一樣互相稱呼後，瞬間——

碰！

「——開什麼玩笑啊啊啊啊啊啊啊啊啊——!?」

理智斷線的葛倫粗暴地開門放聲大叫。

「葛倫!?」

「跟我過來，妮娜！」

葛倫無視眾人的目光衝到妮娜面前，不由分說地牽住她的手——逃出了孤兒院。

「妳太令我失望了，妮娜！」

把妮娜帶到沒什麼人的巷子裡後，葛倫把她壓在牆上咆哮。

「妳為什麼決定跟那種傢伙離開啊!?妳說孤兒院的大家比什麼都重要，這是假的嗎!?想要保護大家是騙人的嗎!?」

由於妮娜低著頭，垂下的瀏海使葛倫看不清楚她臉上的表情。

「妳只要自己一個人能過富裕的生活就好了嗎!?回答我啊，妮娜！」

葛倫的咆哮聲在狹小的巷弄裡迴響，最後兩人之間籠罩著一股氣氛沉重的靜默。

然後——

「……當然……不好啊……」

「……!?」

葛倫赫然發現。

啪答啪答地，有水滴滴落在他揪住妮娜前襟的手上。

「妮、妮娜……妳……？」

低著頭的妮娜抬起臉，直直地注視葛倫。

妮娜的雙眼在不知不覺間變得又紅又腫，撲簌簌地淚如雨下。

「……其實我……也不願意啊……像他那種只把人當道具看待的爛人，我也不想叫他爸爸……！我不想和孤兒院的人分開……這輩子再也無法和家人見面……我不希望這樣……！」

妮娜反覆用手背抹掉源源不絕地溢出來的眼淚，拚命地組織著話語。

「……可是我早已下定決心……為了保護大家不惜作任何事情……」

葛倫發現在妮娜淚溼的雙眸深處裡，燃起了意志的光輝。

「難道妳……!?」

他終於——發現了。

「喂，葛倫……你告訴我吧？雖然現在我們孤兒院的人過得還算幸福……問題是……一年後呢？三年後呢？……十年後呢？我們孤兒院的人會變得怎麼樣……？」

「這……!?」

「喂，葛倫……你知道嗎？最近我們孤兒院又收留了新的孩子……我猜孤苦無依的孩子以後還會繼續冒出來吧……？」

「……這個……」

「行不通的，葛倫……這樣下去會完蛋的……我不像你那麼聰明……我絞盡腦汁思考過怎麼做才能改變這個令人無奈的現狀……但我實在想不出來……這樣下去，大家遲早都會變得不幸、失去笑容……明知命運如此，可是……可是我卻完全無力改變！」

「…………」

「平時練習格鬥技……或者讓你教我讀書……如果不像這樣假裝自己在對抗現狀，我早就撐不下去了！我……我唯一能做的……也只有祈禱誰來幫忙改變這個無奈的現狀而已……！」

「…………」

「可是……現在機會來了……我本來好像是維納斯家族的一份子……雖然事出突然讓我嚇了一跳……可是我也只剩這個方法可以利用了。」

「…………」

「如果我回到那個家的話……一定有很多錢。只要手段高明一點，要偷偷送錢給孤兒院或許也不成問題……重點是，如果我能在那個家族往上爬……真的站上維納斯商會頂點的話……我就擁有『力量』了！那麼我就能憑自己拯救孤兒院！我自己就可以改變這個無可奈何的現狀了！」

「…………」

「因為……我也只能……我也只能這麼做了，不是嗎……像我這種沒有力量的人如果想保護大家……也只有拋棄現在的一切……這個方法了……不是嗎……嗚……咿嗚……嗚……嗚嗚……嗚哇啊啊啊啊啊啊啊！嗚哇啊啊啊啊啊啊啊——」

像是要把忍了很久的東西傾吐出來——

妮娜抱著葛倫的頭，不顧形象地像小孩子一般放聲哭喊。

「葛倫……葛倫……！我……不想跟爸爸分開……！我想跟孤兒院的大家在一起……！我無法接受以後再也見不到你……！」

「……笨蛋，妳啊……真的……是一個大笨蛋……」

葛倫也被勾起情緒，眼眶掛著淚珠。

「我想阿爾多先生應該可以理解妳的心情……可是妳的決心和覺悟的偉大之處，那群小鬼是不可能懂的……他們一定會說妳是『拋棄大家，見錢眼開的背叛者』……」

「……嗯……嗯……或許吧……」

「成為強大商會的領導人……事情一定不會像妳想的那麼簡單……今後等著妳去面對的，肯定是地獄般的日子……說不定妳還沒站上商會的頂點，就已經先被折磨得不成人形了喔……？」

「…………嗯……嗯……我……好害怕……」

「那妳還堅持嗎？即使如此，妳還是會選擇奮戰吧？妳會對抗吧？為了達成保護大家這個唯一的目的……妳願意拋棄一切，就算被人說閒話，也不在乎……」

「……嗯。」

點頭。

即使整張臉哭得涕淚縱橫。

妮娜還是抱持著明確的意志與堅定的決心，重重地點了頭……

……就在這個時候──

「啊哈哈哈哈哈哈哈哈──！好感人的故事喔!?」

巷子裡突然響起一陣刺耳的大笑聲。

仔細一瞧，有名青年站在巷子的入口。

「……你、你是……達里先生……？」

妮娜連忙和葛倫保持距離。

他是隨侍在達利歐身旁的部下達里。

「……沒錯。以血緣關係來說，我基本上算是妳的堂哥吧？如果說繼承了那男人血統的妳屬於本家的人……那麼，我應該可以算是……分家的人吧……」

達里臉上掛著冷笑，緩緩向兩人靠近。

就像蛇在逼近獵物一樣……緩緩地……緩緩地——

——不妙。

一看到達里，葛倫的靈魂立刻產生了這樣的直覺，全身感到緊張。

「那、那個……達里先生？你怎麼會在這裡……？那個，找我有什麼事嗎……？」

妮娜用力擦掉眼淚，讓自己恢復像平常一樣勇敢的態度面對達里。

「……事情？也算是有啦……」

這時……

達里突然露出像惡魔般讓人不寒而慄的笑容——

伸出左手食指瞄準妮娜。

「——!?《年幼的雷精啊・——》」

發現苗頭不對的葛倫一邊唱起咒文，一邊撲向妮娜——

「——《雷帝的閃槍啊》！」

幾乎在同一時間，達里以一節詠唱唱出了咒文。

黑魔【穿孔閃電】發動。

下個瞬間，達里的手指頭射出了將黑暗筆直切割開來的極光雷閃。

「咿——!?」

那道致死的閃光以絲毫之差，掠過被葛倫撞得腳步踉蹌的妮娜頭頂——

「——《・以汝的紫電衝擊・——》」

和妮娜撞倒在一起的葛倫迅速地從地上翻滾起身——

「——《・擊倒敵人吧》！」

延遲許久，黑魔【休克電流】終於發動。

葛倫指著達里，從他的手指頭射出了微弱的電氣力線。

然而——

「嗯～煩死了……《消散吧》。」

達里高舉著手，喃喃地唱出黑魔【驅散之術】的咒文後……

只見葛倫所施展的攻擊在打中達里之前，「啪！」一聲就消散了。

「嗚——」

葛倫指著達里，一動也不動，滿頭大汗。

透過剛才的短暫咒文交手，葛倫就認清了事實。

達里是實力高強的魔術師——而且以魔術師的實力和戰力而言，他跟達里之間存在著令人絕望的差距——

「……咦？什、什麼……？達、達里先生……為什麼……？」

跌坐在地上的妮娜青著一張臉顫抖地問道。

「這個嘛……其實原因說起來還挺老套的，真的很不好意思呢，妮娜小姐……」

達里面露冷笑做出死刑宣告。

「……簡單地說吧，妳妨礙到我了……就是這樣。」

「什……!?」

「為了將來能掌握維納斯商會的大權，我費了千辛萬苦好不容易才用看起來像是病死的方式，毒死了達利歐伯父的嫡子呢……沒想到達利歐伯父在外面還藏了一個像妳這樣的私生女……妳害我的努力都付之一炬了……就是這麼回事……」

「你、你……因為這個緣故，就要殺死妮娜嗎……!?」

葛倫的眼神像烈火一般，達里不把他放在眼裡，冷冷地用鼻子發出悶哼。

「這裡是貧民區的巷子，正合我意……不過就是有個人被殺了而已，沒什麼大不了的……我不會放過這個大好機會的喔？很抱歉，我得請你們消失在這裡了……」

達里散發出冷酷的殺氣，再度伸出手指瞄準葛倫他們……

「嗚……啊啊啊……」

這恐怕是妮娜生平第一次碰到有人對自己釋放出如此明確又強烈的殺意，並且感受到死亡距離自己如此之近吧。葛倫身旁的妮娜害怕地猛發抖。

葛倫偷偷向後瞄了一眼。

後面是一條沒有岔路的狹小直線通道。

對於黑魔【穿孔閃電】這種，在直線路徑上擁有高速及強大貫穿能力的魔術而言，可說是發揮威力的絕佳場地。

當然，葛倫身為魔術師的實力，根本無法與達里為敵。

逃不掉了。自己和妮娜——今天將死在這個地方。會被殺死——

——一般情況下的話是這樣。

「嗚——葛倫！」

這時，先前嚇得發抖的妮娜如豁出去般地站了起來，張開雙手擋在達里面前，將葛倫保護在身後。

「你快逃吧！——動作快！」

「…………」

「啊哈哈哈哈哈哈哈哈哈！妳真的是令人欽佩的女孩呢──!?在這裡殺掉妳實在太可惜了啊──！」

「達里先生，拜託你！想對我做什麼都沒關係，任憑你處置！可是……葛倫他……只有他……！求求你放他一條生路吧……！」

「笨～～蛋！我怎麼可能留下活口!?幹掉妳之後，接下來就輪到那個小鬼了！」

「嗚……你根本不是人！葛倫快逃！拜託你！快一點……！趁我還沒被殺死之前！只要你能逃走就好──」

淚眼婆娑的妮娜拚了命地把葛倫護在背後，希望他獨自逃走。

「呀哈哈哈哈哈哈哈哈哈！好美的一部喜劇啊啊啊啊啊啊啊──!?」

達里樂不可支地捧腹大笑。

然而──

「放心吧……妮娜。」

葛倫不知何故顯得氣定神閒，挺身站到妮娜的前面。

「不、不行，葛倫！你不能站到前面──」

「吶，妮娜……妳可以聽我說嗎？」

明明身處命在旦夕的緊急狀況，葛倫卻露出一副靦腆的模樣說道：

「妮娜……其實我從以前就想成為『正義魔法使』了……」

「……咦？」

「啥……？」

葛倫沒頭沒腦的自白，讓妮娜和達里聽了都呆住了。

「華麗地使用魔術幫大家解決困難，讓大家露出微笑……我一直都想成為這種又強又帥氣的『正義魔法使』……」

「廢話真多，聽到都快煩死了……請你現在就去死吧。」

達里不耐煩似地伸出手指，瞄準態度從容到令人不可思議的葛倫……

「《雷帝的閃槍啊》。」

達里唱出咒文——他的手指頭冒出了猛烈的閃電光輝——

「住、住手啊啊啊——！」

妮娜絕望地大叫——

…………

……

「什……什麼……？」

明明達里的手指頭啪嘰作響地充滿了閃電的光輝，可是不管經過了多久，閃電就是無法朝著葛倫擊發出去。

「這……這是怎麼一回事!?」

達里甩了甩手指，可是依然沒有效果。

不久後，閃電的亮度逐漸增強，當亮度提升到一個程度之後——

「——!?」

閃電無預警地從達里的手指射了出去。

一道閃光撕裂了空間。

不過，葛倫早就拉著妮娜的手，逃出了攻擊範圍。

「怎麼會……?魔術的發動……變慢了!?也慢得太誇張了!?為什麼!?」

葛倫無視困惑的達里，兀自接著說道：

「……問題是，其實我完全沒有魔術師的才能……我終於認清了我沒辦法成為夢想中的『正義魔法使』的事實……」

「葛倫……?你到底在說什麼……?」

「可……可惡！《雷帝的閃槍啊》！《雷帝的閃槍啊》——！」

達里慌張地反覆詠唱咒文。

可是結果還是一樣。

達里通常都是一節就唱完咒文，速度快得驚人——

但咒文從詠唱結束到發動，卻慢到一個異常的地步。

因為發動時間拖得太長的關係，發射的時間點變得非常容易掌握。

連帶地，閃躲起來也易如反掌。

葛倫拉著妮娜的手，悠悠哉哉地閃過兩道雷閃。

「然而……妮娜。在我看到為了大家努力想要獲得『力量』……為了大家不惜放棄一切的妳之後，我發現了一件事……所謂的『正義魔法使』……不是因為能帥氣地使用強大的魔術，才被稱作『正義魔法使』……而是為了大家奮戰，讓大家重拾歡笑……這樣的人才是『正義魔法使』吧……」

「葛倫……」

「哈哈哈……沒錯……瑟莉卡說得對極了……帥氣與否根本不重要……運用那個『力量』成就什麼事情才是最重要的……」

「你……!?那、那東西……到底是什麼……!?」

達里赫然發現。

葛倫的左手不知不覺間握著一張卡片。

「告訴你我的魔術特性吧。我的魔術特性是……【變化的停滯・停止】。」

「啥!?【變化的停滯・停止】!?那還真是世上罕見的垃圾特性呢!?那又怎麼——」

話還沒說完，達里像是恍然大悟般睜大了眼睛。

「你、你……難道說……!」

「這個特性註定讓我無法成為出色的魔術師。以正統魔術師之姿成為『正義魔法使』這個夢想，是不可能實現的。可是在我看到為了真正重要的事物，可以不計一切代價行動的妮娜之後，我就一直在思考……什麼是我做為『正義魔法使』能夠辦到的事情……以及這樣的我也能成為『正義魔法使』的方法……!」

葛倫高舉卡片，上頭畫著某個圖案。

那是以拙劣的畫技草草畫成的『愚者』圖。

塔羅牌0號，阿爾克那『愚者』——

「最後我想出來的結論——就是魔術的封殺。利用【魔術的停滯・停止】這個魔術特性，在以我為中心的一定領域內，讓所有魔術的發動都受到妨礙!無論敵我之間在魔術方面實力落差多大——這招都可以幫助我無視那個差距，和對手平等競爭。」

「你說什麼……!?」

「我想想……這招的名字就叫——」

——怎麼樣？葛倫。厲害吧？

——這就是我的、我個人的專屬絕招……固有魔術【我的世界】。

葛倫的腦海突然閃過某人曾經說過的話——

於是葛倫說道：

「——固有魔術【愚者世界】！這是我的、我個人專屬的絕招——沒有力量的我，為了成為『正義魔法使』所設計出來的——只屬於我的專屬絕招！雖然現在我只能延遲魔術發動的速度——可是，未來我一定會做到徹底封殺所有魔術發動的程度！」

「嗚……【愚者世界】……固有魔術……!?」

達里不可置信般地，整張面孔扭曲成一團。

「那是什麼東西……!?怎麼會有那麼荒唐的點子……!?你腦袋是不是有毛病!?身為魔術師你不覺得可恥嗎!?到底為什麼要使用……那種否定自身是魔術師、本末倒置的魔術……!?」

「我本來也不想使用這樣的『力量』……畢竟，這魔術從正面否定了我過去所嚮往的魔術師的型態……一旦我使用了這魔術，哪怕只有一次，我應該就再也沒辦法成為夢想中的『正義魔法使』了吧……可是我才不管那麼多呢……！」

葛倫露出明朗的表情瞪視著達里。

「我不想再拘泥於什麼形式了！我要用我的做法成為『正義魔法使』！我要保護大家……保護重要的人……讓大家時時帶著笑容！這就是……我個人的『正義魔法使』的型態——！」

蹬！

葛倫握起拳頭，向達里發動突擊。

「嗚……！《嘶吼吧火焰獅子》！」

受到魔術發動時間變極慢的影響，發射時機容易被掌握，因此達里改詠唱不需要特別去瞄準的無差別廣域攻擊魔術——黑魔【炸裂吐息】。

但團狀的火焰只是在達里的指尖緩緩形成螺旋……遲遲沒有發動。

速度真的慢到不可思議。

正常情況，火球應該早就射出去把葛倫燒成一團焦炭了，然而——

不管怎麼看，魔術都沒辦法搶在葛倫攻過來前發動。

「喝——你這該死的臭小子——!?」

達里放棄使用魔術，掄起拳頭正面對上葛倫。

他擺出的是拳擊的架式。看來達里似乎把拳擊當作上流階級的嗜好，也修練過一陣子。

「只不過是封殺了魔術而已，少在那邊——」

達里朝著衝到眼前的葛倫揮出了右直拳。

然而——

「——吶啊啊啊啊——!?」

不帶一絲猶豫與恐懼——葛倫配合達里的攻擊，在助跑的物理加持下，精湛地使出了瑟莉卡傳授的左交差反擊拳。

葛倫的左拳越過達里的手肘，不偏不倚地打中了他的臉。

「呼——」

葛倫繼續向前邁進一步，針對達里的側腹使出右拳打擊。

「呀——!?」

使肋骨發出悲鳴的衝擊讓達里忍不住彎起身子——

瞬間，葛倫身手輕快地運步。

銳利如鞭的左刺拳連續兩發打在達里的臉上後——

「喝啊啊啊啊啊啊啊啊啊啊啊啊啊啊啊啊啊——!」

葛倫精準地預測距離，行雲流水地接著揮出右直拳。

威力強大的致命一擊炸裂在達里的顏面上。

達里的身體就像陀螺一樣，一邊旋轉一邊飛了出去——

「……唔姆……」

整個失去意識的達里口吐鮮血，以趴臥的姿勢倒地不起。

「呼……呼……呼……贏了……」

雖然獲勝，可是葛倫沒享受到什麼勝利的餘韻。

封印雙方的魔術，用近身格鬥戰互毆……對魔術師而言，那是何等可悲的畫面。

如果看到葛倫那副樣子，想必全世界的魔術師都會捧腹大笑吧。

彷彿從以前到現在所嚮往的『正義魔法使』姿態已經消失在遙不可及的遠方，葛倫的內心浮現出一股強烈的失落感。

不過……

（這樣也沒什麼不好……嗯……這樣……也沒什麼不好……）

一如在向葛倫心中那帶有沉痛之意的低喃表示肯定般——

「謝謝……！真的太謝謝你了，葛倫……！」

——妮娜淚汪汪地從後面抱住了葛倫。

「雖然我搞不懂到底發生了什麼情況……可是你真的太帥了……嗯……葛倫……你就是我心目中的『正義魔法使』……！」

光是擁有面露燦爛笑容的妮娜所說的這一句話——

——就讓葛倫覺得這一切都值得了。

另一方面——

在離貧民區有一段遙遠距離的瑟莉卡家的屋頂上。

「……呵呵……該怎麼說呢，男孩子真是……」

瑟莉卡一如往常利用望遠魔術偷看葛倫，她手裡把玩著一只老舊的懷錶，面露微笑。

然後，她只是一直溫柔地守護著相擁而泣的少年少女。

說到這個故事的結尾。

那天之後，葛倫和妮娜就再也沒有碰過面了。

達里因為殺人嫌疑和殺人未遂被移送法辦，自此從維納斯家失勢。

妮娜還沒來得及跟葛倫好好告別，就離開了菲傑德，被人帶去遙遠的地方。

葛倫不清楚妮娜後來的遭遇。也無從知道。

她在獲得維納斯家的青睞後，以自己的方式做了些什麼事情？

還是說，她被捲入商會的陰暗面和權力鬥爭中，悄悄地從世上消失了？

此外，這個時候的葛倫還不曉得——

把這一天的回憶放在心底，立志成為『正義魔法使』的他，將來會碰上什麼樣的命運。

日後那段充滿苦難與糾葛的歲月。魔術的現實。以及挫折。那個清淨的新雪般純白無瑕的心願將被踐踏得面目全非，被鮮血染成一片紅色，甚至連心愛之人（賽拉）的墓碑也立在上面……此時此刻的心願，終將會被遺忘得一乾二淨——所有的這一切，現在的葛倫還不知道。

不過，葛倫和妮娜在那一天最後的交談與笑容……正因為他們像懵懂的小孩般天真單純，才能激盪出如此燦爛奪目的光芒……

哪怕是在時間盡頭的忘卻之園中——

那將會是永遠不會褪色，一直殘留在葛倫內心裡的寶物——

「…………」

盯著褪色的阿爾克那卡牌遙想過往的葛倫，意識驀地回到了現實。

他轉頭從打開的窗戶查看外面的景色，沒想到太陽在不知不覺間已經沉了一半，天色是傍晚時分。

「……已經這麼晚了嗎……哎呀呀，肚子都餓了……」

葛倫把老舊的阿爾克那卡牌收進懷裡，離開房間下樓。

「……唷。葛倫。」

瑟莉卡在客廳向他打招呼。

一如既往地，她在茶桌上擺放了一套茶具，享用著飯前的紅茶。

「打掃乾淨了嗎？」

「噢，簡直一塵不染呢！」

葛倫臉不紅氣不喘地說了謊後，在瑟莉卡對面坐了下來。

「晚餐再等一下就開動。已經準備好了。」

「……好好好。」

瑟莉卡一邊飲用紅茶一邊看報。

看來她似乎是想要看完報紙再用餐。

在等瑟莉卡看完報紙的時候，葛倫再度從懷裡掏出那張老舊的阿爾克那卡牌，恍惚地看著……

（妮娜。後來我也以我的方式做了很多的努力。也徹底加強了魔術式的理解和咒文詠唱技術……雖然還只是三流，可是至少已經達到能夠自稱魔術師的程度了……）

葛倫在心中自言自語著，就像在跟昔日那個令人懷念的少女說話一樣。

（不過，抱歉啊……我想成為『正義魔法使』的夢想破滅了……我還不確定今後自己該何去何從……不過多虧那個夢想，才有了現在身為教師的我……更重要的是，當年我守護了妳的笑容……那才是意義不凡的寶物，我這麼想應該沒什麼不對吧……？）

這樣的想法一點也不像自己現在的風格，葛倫不禁苦笑。

（對了對了……妮娜，那間孤兒院到現在還在努力經營下去呢……阿爾多老伯說，每次財務出現危機時，總是會收到一筆匿名的巨額捐款……雖然我很想相信那是妳捐的錢……可是完全沒有證據可以證明捐款人是妳……）

葛倫嘆了口氣，把視線投向桌上蠟燭台的火焰。

（嘿，妮娜……妳現在在哪裡，又在做著什麼事呢……？）

當葛倫心不在焉地透過燭光望著阿爾克那卡牌的時候。

「喔～喔～時代終於改變了哪……」

埋頭看報紙的瑟莉卡，突然感觸良多地咕噥了起來。

「……怎麼了？有什麼有趣的新聞嗎？」

葛倫把阿爾克那卡牌收進懷裡，興趣缺缺地問道。

「也算不上有趣啦……不過倒是有一則值得在意的新聞。」

瑟莉卡放下報紙，向葛倫露出了臉。

「聽說……那個惡名昭彰的維納斯商會會長，達利歐・維納斯和他的黨羽等舊經營派的人終於垮台了。好像……新上任的年輕會長把達利歐等舊經營派的人趕出商會，以全新的經營陣容完全主導維納斯商會。」

「——!?」

葛倫不禁睜大眼睛，心跳加速。

「這個年輕的新會長跟吃人不吐骨頭，只靠投機生意獲取暴利的舊會長不一樣，是一個相當有才幹的人。新會長好像以高明的手段徹底掃蕩了商會裡的惡勢力，成功把商會改造成透明乾淨的體制……年紀輕輕的還真了不起哪。」

葛倫的心臟像在敲警鐘一樣，不由分說地噗通噗通狂跳。

瑟莉卡完全不曉得葛倫的心情，繼續埋首看報。

「噢～想不到那個惡貫滿盈的維納斯商會也會做慈善事業呢……向帝國各地有經營困難的孤兒院提供金援和教育支援，將來再雇用那些孤兒院的小孩進入商會做為即時的勞動者……甚至還設計好了這樣的體制哪，那個新會長。」

「等、等一下，瑟莉卡……!?」

「……幹嘛？」

看到葛倫露出無比嚴肅的表情，瑟莉卡驚訝得眨了眨眼。

「妳、妳知道那個新會長……叫什麼名字嗎!?到底是誰!?」

「……你也會對財金新聞有興趣啊？太難得了吧……」

「好了啦，快點告訴我!?維納斯商會的新會長是誰!?」

「唉，很吵耶……等一下啦……呃，好像是……」

瑟莉卡垂下眼簾，迅速瀏覽報紙上面的文章。

「……啊啊，找到了。就是她、就是她。」

然後，瑟莉卡抬頭看著葛倫說道：

「妮娜……妮娜・維納斯。年僅二十二歲的年輕有為會長。因為年紀實在太過年輕，而且又是個超級美女，在財金界引起了很大的旋風喔？」

「……是、是……嗎……」

葛倫放心地鬆了口氣，整個人無力地癱軟在椅子上。

「……噢，那個新會長在上任記者會還留下了這樣的評論喔？『我要把今天的勝利獻給那一天的小小「正義魔法使」』……哈哈哈，什麼東西啊？真是莫名其妙……」

「……哈、哈哈哈……那傢伙……真是笨蛋……」

如此喃喃自語的葛倫，臉上掛著完全無法與平時那副嘲諷表情聯想在一起的溫馨笑容。

「……葛倫，你怎麼了？是不是吃壞了肚子？」

「不，沒什麼啦……只是想說我也得稍微加把勁才行了。」

往廚房。

「啊啊，完蛋了……看來明天要下紅雨了……我的天啊。」

不過瑟莉卡口頭上發著牢騷，隱隱察覺了什麼的她卻沒有追問，折好報紙放在桌上後便前往廚房。

葛倫獨自一人留在客廳。

儘管他心想著──真是的，這一點都不合我的個性哪……

話雖如此，今晚就以令人懷念的少女的回憶作為下酒菜，喝個一杯吧……

葛倫考慮著這些事，把雙手盤在腦後，放鬆身體深深地靠在椅子上。

…………

──謝謝……！真的太謝謝你了，葛倫……！

──雖然我搞不懂到底發生了什麼情況……可是你真的太帥了……嗯……葛倫……你就是我心目中的『正義魔法使』……！

後記

大家好，我是羊太郎。

短篇故事集『不正經的魔術講師與追想日誌』第二集終於出版上市了。

這都要感謝編輯和所有出版相關的工作人員，以及支持『不正經』本傳的各位讀者！謝謝你們！

這本短篇小說集跟第一集一樣，除了在ＤＲＡＧＯＮ　ＭＡＧＡＺＩＮＥ上連載的幾篇小說之外，另外還加上了未公開發表過的短篇作品。

托大家的福，我在ＤＲＡＧＯＮ　ＭＡＧＡＺＩＮＥ發表的短篇連載進行得相當順利，連載剛開始時，短篇的形式一度讓我不知該如何下手，現在已經完全習慣了。

目前我在ＤＲＡＧＯＮ　ＭＡＧＡＺＩＮＥ的短篇連載，專門寫一些在『不正經』本傳沒辦法寫的題材，或者補充交代得不夠清楚的設定。希望這本短篇小說集能幫助各位讀者更深入地瞭解『不正經』這部故事的世界觀。

那麼，接下來是這類型的短篇小說集裡常見的各短篇作品解說。上一集也是表面上宣稱是解說，結果完～～全都在講不相關的廢話，這次會稍微認真一點的……

○一線之隔的天災教授

這篇完全是羊的興趣炸裂。完全任由我自由發揮。

由於編輯說『隨便你自由發揮』，所以這就是我『自由發揮後』所交出來的成品。

為什麼會寫成這樣？是誰說你可以自由奔放成這樣的？你給我差不多一點——這篇故事成了讓當時的編輯頭痛不已的問題作品。之前好不容易才營造出來的『不正經』世界觀，在這瞬間就這麼毀在一名男子的手中了。

可是我問心無愧！這輩子我一點都不後悔寫了這篇小說！呼哈哈哈哈！

設定上的矛盾要怎麼合理化呢？我的說法是，『那個人的發明，乃是常人無法理解的理論和瘋狂心態的產物，所以沒有人可以模仿和重現。』『因此，那個人的發明不會大量出現在世上。』就是這樣！

沒錯。那個人的思考領先時代太多了，根本是黑箱。一個天才級的程式設計師所編寫出來的極為高深且難解的原始碼，就憑一般的程式設計師是沒辦法分析、也沒辦法修改的，兩者是一樣的道理。（強詞奪理的狡辯）

○帝國宮廷魔導士工讀生・梨潔兒

這篇是三位少女的最後一人——梨潔兒在DRAGON MAGAZINE的短篇連載中，首次登場的故事。

在本傳裡，梨潔兒是第三集才正式來到阿爾扎諾帝國魔術學院，配合本傳的進度，我也安排她在DRAGON MAGAZINE的短篇裡登場了。之後梨潔兒也成了短篇小說的常態角色開始活躍。

哎呀～在寫短篇小說的時候我深深覺得，以作者的立場而言，梨潔兒真的很好運用呢～在短篇小說裡面，她實在是投我所好的愛將。

當我碰到不知道要怎麼推動劇情的時候，總之就是先讓梨潔兒耍蠢就對了，她就是這麼萬用的角色……對不起，請不要拿石頭丟我！

另外，在本篇故事裡，瑟希莉亞老師也有登場，雖然在這個時間點她還只是個跑龍套性質的角色就是了，不過嚴格說來，本篇故事也可以算是讓短篇的『不正經』世界觀也慢慢穩固下來的分水嶺了。

咦？上一篇？……我不知道你在說什麼耶……呼……（遙望遠方）

○過於執著任務的男人・阿爾貝特的圈套

阿爾貝特先生在本篇故事中，擔任短篇主角登場。

這裡稍微談一下作品的內幕。

阿爾貝特在『不正經』的本傳裡面，簡單地說，性質上就是類似『※鳳○座一輝』的角色。如果對手是雜魚～中ＢＯＳＳ等級的，和他對決必死無疑，話雖如此，即使碰上大ＢＯＳＳ級的敵人，他也不會突然就變成被痛扁的沙包，甚至照贏不誤，他就是這種強大的援兵角色。不是作者特別喜歡他或對他偏心，而是一開始他就帶著那種角色的宿命（……怎麼辦……？）。

（編註：出自日本漫畫《聖鬥士星矢》。）

哎呀～當初在設計阿爾貝特這個角色的時候，我的構想是『主人翁的夥伴，而且就像他的大哥一樣』，那時第一個在我腦海浮現的人物就是『一輝哥哥』，所以我便以他做為參考對象，沒想到居然會變成如此強大的角色……以作者的角度，我完全無法想像他慘敗的姿態，所以在本傳中，他一如設計概念大顯神威。也因為這樣，本傳裡面最近出現了一個號稱近距離魔術戰天下無敵，結果淪為阿爾貝特犧牲者的可憐新角色呢……（遙望遠方）

這樣的阿爾貝特先生，演起喜劇似乎也沒有問題。

希望一本正經的他白忙一場的窘態，能讓各位讀者看得開心。

○你和我的勿忘草

看完這篇故事後，不知道大家的看法是不是跟我一樣。那就是——

這傢伙是誰啊？

有機會寫寫小白貓別於以往的性格和一面，還滿有意思的。

寫到這裡我忽然想到……這時期的小白貓在各方面常常被調侃什麼『第一女主角（笑）』、『有魯米亞就夠了，根本不需要她』之類的。

這一切只能怪我功力不足，我還記得這一篇就是為了救贖這樣的小白貓，才拚命寫出來的。

○兩個愚者

這篇是未公開的短篇小說。描述的是『不正經』的主人翁葛倫的童年時代。

小時候的葛倫很崇拜小說故事裡帥氣的『正義魔法使』。

可是有一天他卻發現一件事。

那就是自己絕對無法成為在故事裡登場的『正義魔法使』。

一蹶不振、自暴自棄的他碰到了一名少女。

和被富裕的瑟莉卡收留，身為『資源豐富者』的葛倫相反，那名少女是貧窮且日子過得很困頓的『資源匱乏者』。

可是對葛倫來說，永保積極樂觀、總是笑臉迎人的少女是如此耀眼——

和那名少女的邂逅，究竟為年幼的少年帶來了什麼？
年幼的他在那一天又做了什麼樣的決定？
這是一篇刻畫葛倫的青春歲月，就如書名所示，關於追憶的故事。
希望大家都會喜歡。

這次的感覺大致就是如此吧？
附帶一提，※動畫版的『不正經』也開播了。托大家的福，可以看到葛倫他們活蹦亂跳的模樣，我對於動畫製作團隊抱有無限的感激。希望這部動畫可以吸引到更多的讀者來接觸『不正經』的世界。（編註：指本書日文原版在當地出版時的情形。）
另外，容我在這邊向為這部作品提供美麗插畫的三嶋くろね老師，以及把葛倫等人的英姿描繪得很帥氣的常深アオサ老師致上謝意，真的非常感謝兩位！
當然，羊太郎我也會繼續努力，回應各位讀者的期待！請大家多多指教了！

羊太郎

哈、哈、哈——
哎呀，我的愛徒
真的太可愛了！
摸
摸
不…
不要摸了
煩耶！
瑟莉卡媽媽和童年葛倫
2017.

輕小說

LIGHT NOVELS

不正經的魔術講師與追想日誌2

(原著名：ロクでなし魔術講師と追想日誌2)

原作：羊太郎

插畫：三嶋くろね

譯者：林意凱

日本株式会社KADOKAWA正式授權中文版

【發行人】范萬楠

【出　版】東立出版社有限公司

台北市承德路二段81號10樓　TEL：(02)2558-7277

【香港公司】東立出版集團有限公司

香港北角渣華道321號　柯達大廈第二期407室　TEL：23862312

【劃撥帳號】1085042-7

【戶　名】東立出版社有限公司

【劃撥專線】(02)2558-7277　總機 0

【美術總監】林雲連

【文字編輯】盧家怡

【美術編輯】張賢吉

【印　刷】勁達印刷廠

【裝　訂】台興印刷裝訂股份有限公司

【版　次】2017年08月13日第一刷發行